城邦人的自由向往

阿里斯托芬《鸟》绎读

刘小枫 著

古典教育基金·"传德"资助项目

目 录

引　　子 / 1

题　　解 / 10

开　　场　离弃雅典城邦 / 14

进　　场　鸟儿敌视雅典来人 / 43

第一戏段　雅典叛徒 / 51

第二戏段　对鸟儿启蒙 / 59

第一插曲　爱欲与鸟神之歌 / 81

第三戏段　祭献新神受阻 / 102

第二插曲　鸟儿祭献新神 / 118

第四戏段　城邦刚建成时 / 122

第三插曲　"没有光亮之地" / 141

第五戏段　与诸神谈判 / 144

退　　场　佩瑟泰洛斯当王 / 161

余　　绪 / 167

引　子

在古希腊的神话角色中，普罗米修斯对世界历史的影响堪称之最，直到今天还在发挥政治作用。毕竟，按照古希腊传说，他是人类技术文明的馈赠者。[1]

在雅典民主时代，普罗米修斯已经是戏剧诗人喜欢用来编故事的角色。古代的肃剧目录中著录有一位佚名诗人的《普罗米修斯》三联剧，其顺序是：《被缚的普罗米修斯》(*Προμηθεὺς δεσμώτης*)—《擎

---

[1] 比较大卫·兰德斯，《解除束缚的普罗米修斯：1750年迄今西欧的技术变革与工业发展》，谢怀筑译，北京：华夏出版社，2007；斯蒂格勒，《技术与时间 1：爱比米修斯的过失》，裴程译，南京：译林出版社，2012；维塞尔，《普罗米修斯的束缚：马克思科学思想的神话结构》，李昀、万益译，上海：华东师范大学出版社，2014。

火的普罗米修斯》(Προμηθεὺς πυρφόρος)—《获释的普罗米修斯》(Προμηθεὺς λυόμενος)。

这个顺序看起来有些奇怪,因为,《擎火的普罗米修斯》要么应该在前(因给人类盗火而"被缚"受罚),要么应该在最后(因"获释"而再次"擎火"),怎么会在中间?

古典家们基于语文学的理由推断,《擎火的普罗米修斯》当在最后,因为"擎火者"(πυρφόρος)这个语词属于阿提卡法定的普罗米修斯节用语。古典学家辑佚到《擎火的普罗米修斯》的残段极少,但其中碰巧有"普罗米修斯节"(τὰ Προμέθια)这个词。可见,《获释的普罗米修斯》应该在前,否则普罗米修斯不可能被当作"擎火者"来崇拜。

这出三联剧仅《被缚的普罗米修斯》流传下来,而且被归在埃斯库罗斯(公元前525—前456)名下。普罗米修斯无论"被缚"还是"获释"都与宙斯神有关,由于《获释的普罗米修斯》和《擎火的普罗米修斯》散佚,在诗人笔下,普罗米修斯与宙斯最终如何和解成了不解之谜。

埃斯库罗斯（或佚名诗人）的《获释的普罗米修斯》今存 17 条残段（共 70 行），为今人推测普罗米修斯获释的情形提供了些许线索。比如，歌队由提坦们组成，这表明提坦神族已经重新得势，而他们与普罗米修斯的亲戚关系比与海洋女神的关系更近。从一段因西塞罗的翻译而保留下来的插歌中可以得知，让普罗米修斯获释的是他的母亲和赫拉克勒斯。这意味着，从戏剧角色上讲，普罗米修斯的母亲取代了伊娥，赫拉克勒斯取代了赫尔墨斯。《被缚的普罗米修斯》以宙斯得胜结尾，《获救的普罗米修斯》则以普罗米修斯的母亲得胜结尾，斗争双方就这样达成了平衡。

普罗米修斯究竟因何"获罪"而"被缚"，仍然是一个谜。按习传说法，普罗米修斯因给人类"盗火"（即给人类带来各种生存技艺）而"获罪"。但从传世的《获释的普罗米修斯》中可以看到，普罗米修斯"获罪"的原因更有可能是搞民主政治的启蒙。

智术师普罗塔戈拉（公元前 490—前 420）在

柏拉图的名作《普罗塔戈拉》中所讲的普罗米修斯神话,也许为此提供了证明。按普罗塔戈拉的说法,普罗米修斯给人类带来技术文明并未真正解决人世的生存难题,因为人类还缺乏政治技艺。普罗塔戈拉暗示,正是他自己发明了这种技艺。

在柏拉图笔下,智术师普罗塔戈拉的历史形象与普罗米修斯这个神话形象叠合为一,这意味着什么?

罗马帝国时期的希腊语作家路吉阿诺斯(约公元125—180)笔下的普罗米修斯说:宙斯真正害怕的,不是普罗米修斯带给人类各种生存技艺,而是害怕他教凡人"针对宙斯搞反叛密谋,发动针对诸神的战争"($\mathit{ἐπανάστασιν\ ἐπ'\ αὐτὸν\ βουλεύσωσι\ καὶ\ πόλεμον\ ἐξενέγκωσι\ πρὸς\ τοὺς\ θεούς}$;《普罗米修斯》13)。宙斯目光如炬,他懂得,技术文明未必会带来"针对诸神的战争",民主政治则一定。

问题的复杂性在于,柏拉图笔下的普罗塔戈拉发明的政治技艺其实是家长式的君主制。由于他当时在民主的雅典,为了避免受到雅典民主政体的迫害,他才不得不采用民主意识形态的修辞。毕竟,雅典民主政体不是普罗塔戈拉的杰作,而是雅典城邦的历史际遇的偶然结果,伯利克勒斯(约公元前495—前429)也不过是这一结果的继承人而已。[1]

在政治思想史家沃格林看来,埃斯库罗斯"将肃剧的普罗米修斯等同于人内心的普罗米修斯冲动"。[2] 沃格林没有告诉我们,究竟是哪种人内心中的"普罗米修斯冲动"。既然柏拉图的《普罗塔戈拉》让我们看到,普罗塔戈拉的内心有"普罗米修斯冲动",普罗米修斯并不代表所有世人的"冲动",那么,我们就值得追究某类智识人的内心冲动。

---

1 比较阿祖莱,《伯里克利:伟人考验下的雅典民主》,方颂华译,上海:上海三联书店,2015。

2 沃格林,《城邦的世界》,陈周旺译,南京:译林出版社,2009,页340-344。

将埃斯库罗斯笔下的普罗米修斯形象与现实中的智识人形象叠合在一起,并非柏拉图的发明。据古典学家考订,阿里斯托芬的《鸟》剧中的主角佩瑟泰洛斯是个普罗塔戈拉分子,而且,《鸟》的剧情与《被缚的普罗米修斯》在好些地方明显有隐射关系。[1] 倘若如此,《鸟》在埃斯库罗斯的普罗米修斯三联剧与柏拉图的《普罗塔戈拉》之间就起着微妙的承前启后作用。毕竟,普罗米修斯在《鸟》剧中的戏很少,仅仅在最后一场短暂现身。《鸟》的主角佩瑟泰洛斯若是个普罗塔戈拉分子,那么,他与《云》剧中的苏格拉底有何关系,就是一个很有趣的问题。

倘若如此,柏拉图在《普罗塔戈拉》中让苏

---

[1] 《鸟》中明显可见与《被缚的普罗米修斯》有关的言辞有四处:行 199-200[《被缚》443-444];行 654[《被缚》128];行 685-687[《被缚》547-550];行 1197[《被缚》269, 710, 916])。参见 Nan Dunbar 校勘/笺注, Aristophanes, Birds, Oxford:Clarendon Press, 1997。

格拉底与普罗塔戈拉面对面交锋,就增添了又一层含义。要理解这层含义,首先需要确认《鸟》中的佩瑟泰洛斯与普罗米修斯的关系。通过绎读《鸟》,本稿尝试寻找这种关系。[1]

十多年前(2008),我在"中国文化论坛"主持的经典通识讲习班(汕头)带读了《被缚的普罗米修斯》,讲稿随后由内地和香港两家出版社同时刊行。[2] 我在讲读中提到,通观人类的古典作品,女人

---

[1] 文本依据杨宪益先生中译本(见王焕生编,《古希腊戏剧选》,北京:人民文学出版社,1998,页423-486),凡有改动,依据 Nan Dunbar 校勘/笺注本,参考 Benjamin Bickley Rogers, *Birds of Aristophanes, The greek text revised with a translation into corresponding metres introduction and commentary*, London, 1906/1930 重印。绎读依据施特劳斯,《苏格拉底与阿里斯托芬》,李小均译,北京:华夏出版社,2010(简称"施疏",并随文注页码)。

[2] 刘小枫,《普罗米修斯之罪》,北京:生活·读书·新知三联书店,2012/香港:香港中文大学出版社,2012。

涉政在古希腊戏剧作品中堪称之最。这意味着，民主政治发展到一定阶段，必然会出现种种出人意料的权利诉求和政治行为。

继《鸟》之后，阿里斯托芬又写下了《公民大会妇女》。这两部剧作之间明显有内在关联，以至于要透彻理解《鸟》，就得涉及《公民大会妇女》——反之亦然。倘若如此，要透彻理解埃斯库罗斯的《被缚的普罗米修斯》，还得读阿里斯托芬的《鸟》和《公民大会妇女》。

阿里斯托芬的这两部剧作对今天的我们理解自己所处的政治文化语境不无启发：西方自由民主的拥趸者八成在天性上属于城邦人中的"鸟-人"类型。有一位做出版的香港文化人，二十多年前曾是我熟络的朋友。由于我对日兒近香港街头和校园里的"狄森特"们的"民主本性及其胡作非为"〔尼采语〕深恶痛绝，他说如今他已经看不懂我识读埃斯库罗斯《被缚的普罗米修斯》的文章。念及曾经的"老朋友"情谊，我将这篇绎读阿里斯托芬谐剧的文章从尚未刊印的专著《普罗米修斯神话通释》中抽取出来单行，以使普罗米修斯与民主政治的关系问题对"狄森特"头脑更为易懂。

2020 年 10 月

于香港沙田

题　解

剧名"鸟"明显带有寓意,但寓意是什么呢?

人们经常说:我渴望像鸟儿一样自由飞翔——鸟儿寓意自由自在的生活。鸟儿未必能想到,但人应该想到,这种自由自在的生活也有危险:若遇到捕鸟者设下罗网,鸟儿的自由生活就会变成囚徒的生活。

在色诺芬的《回忆苏格拉底》中,我们可以读到一场有趣的对话:苏格拉底与快乐论者阿里斯提珀斯谈到自由。[1] 阿里斯提珀斯说,他既不想统治别人,也不想被别人统治,只想"活得轻松自在、快乐安逸"(2.1.8-9)。显然,阿里斯提珀斯的"快乐安逸"生活理想的前提是非政治性的

---

[1] 参见拙文,《苏格拉底谈自由与辛劳》,刘小枫,《昭告幽微:古希腊诗文绎读》,北京:华夏出版社,2021。

自由自在。

针对阿里斯提珀斯的快乐论，苏格拉底提出了辛劳说：属人的生活免不了辛劳，而辛劳的生活要求人有自制力。换言之，自制力是属人的标志。苏格拉底提到耐性渴的自制力，似乎属人的自制力首先指克制身体的自然需要。不难设想，对人来说，这种需要最诱人、最难克制，但也最具有政治危险。

苏格拉底举例说，"鹌鹑"和"鹧鸪"往往"由于情欲"而落入陷阱（2.1.4）。这种对比把不能克制身体需要的人当作鸟类，言下之意，阿里斯提珀斯向往的"自由"表明，他不能克制自己的身体需要："鹌鹑"和"鹧鸪"因贪婪而受诱惑，实际上是受自己的自然需要的束缚，从而并非真正的自由自在。

苏格拉底进一步提到人需要培养耐寒和耐热的能力，这种自制力与耐性渴在性质上不同，即不是克制出自自然本能的需要，而是因政治环境的限制而克制自己的自然需要，明显具有政治含

义——苏格拉底举例说:

> 人生当中,极大部分重大的实践、战争、农业和许多其他事情都在露天进行。(2.1.6)

苏格拉底的这些说法揭示了阿里斯提珀斯的快乐论"自由"诉求的实质:拒绝承认人性天生具有政治性,追求返回人的纯粹自然性。

苏格拉底接下来说,人的心性大致来讲有两种基本类型。一类人有志趣"统治",这类人显然需要培养自己耐寒和耐热的能力,更不用说耐性渴的自制力;另一类人对统治毫无兴趣,属于被统治的一类,因为他们不愿意克制自己的身体需要,追求随心所欲的自由。

苏格拉底否定了阿里斯提珀斯所说的可能性,即既不想统治别人,也不想被别人统治,因为,人要么当统治者,要么当被统治者,没有中间道路可行。阿里斯提珀斯"只想活得轻松自在、快乐安逸"的想法,作为一种哲学观点不可能成立。

苏格拉底与阿里斯提珀斯的这场对话，为我们理解阿里斯托芬的《鸟》剧提供了历史语境。因为，如我们将会看到的那样，《鸟》剧明显是在批判性地嘲讽对统治有兴趣的人的自由愿望。而且，在阿里斯托芬笔下，如此愿望与苏格拉底相关。

这样一来，苏格拉底与阿里斯提珀斯的对话所展现的问题就变得复杂起来。

开　场　离弃雅典城邦

戏一开场,呈现在我们面前的舞台背景是一处荒山野岭,有两个人各携带一只鸟儿上场,我们不知道他们是谁。要到后来我们才知道,他们俩一个叫欧厄尔庇得斯,另一个叫佩瑟泰洛斯,而且这两个名字都有寓意。

他们上场后的第一句话表明,是他们手中的鸟把他们引到了这个莫名其妙的地方。奇妙的是,两人各自手中的鸟儿指引的方向相反。这意味着,虽然两人都听从鸟儿引路,但鸟儿似乎也有天性差异。我们看到,一个手中的鸟儿指引他一直往前,也就是一直朝无名-无政治的地方走;一个手中的鸟儿则要引他往回走,回到哪里?

原来,这两个人都来自雅典城邦,往回走也就是回到雅典城邦,或者说回到政治状态。两人手中的鸟儿指向相反的方向向我们暗示出,这两个雅典人虽然同路，内心的企望却可能完全相反。

在鸟儿指引下，这两个家伙已经跑了很远的冤枉路，累得不行，还"脚打了泡，磨掉了趾甲"（行8）。显然，他们已经远离了自己的城邦——雅典。我们可以问，脱离城邦是否最终仅仅是跑冤枉路？佩瑟泰洛斯说，"如今我们身在何处，我也不知道"（行9），欧厄尔庇得斯甚至已经想转身回去，但又怕找不到"回祖国（τὴν πατρίδ'）的路"（行10）。欧厄尔庇得斯用"祖国"代替"城邦"或"雅典"，显得对自己面临的陌生处境非常惊惧。看来，离开雅典的建议似乎最初是欧厄尔庇得斯提出来的，这意味着：是他最初产生了离开雅典的愿望。

西方人的名字与我们中国人的人名相似，名字大多带有某种意思，尤其出生在城市中的人的名字。欧厄尔庇得斯（Εὐελπίδης = Euelpides）这个名字的希腊语原文含义首先指雅典人；[1] 此外，

1　参见修昔底德，《伯罗奔半岛战争志》1 70.3; 6.24.3。

这个名字的字面含义是"安逸或安逸[舒服]之子"——这个戏剧名字表明，欧厄尔庇得斯是个天性追求安逸、舒服生活的人。

佩瑟泰洛斯（Πεισέταιρος / Peisthetairos）这个名字的希腊语原文含义是"被同志说服的人"（Πεισθέταιρος），也可以理解为"值得信赖的同志"。显然，这个名字是编造的，因为，古典学家告诉我们，希腊人的名字用动词的被动态词干来构成的情形还没见过。"同志"在古汉语中与"朋党"的意思相同，这个语词的含义关键在于志向。由此看来，这两人在心性上有一个根本差别：佩瑟泰洛斯有志向，欧厄尔庇得斯没有志向。

什么志向呢？这正是剧作要告诉我们的。

这时观众还不知道他们叫什么，要等到后来（行644-5）听见两位雅典人自报家门，才知道他们的名字。不过，这两个人上场后的这段对白已经展示，他们是雅典人。就传世的现存剧作来看，阿里斯托芬剧作的背景几乎无不是雅典城邦，唯有这部剧作的背景是荒山野岭。但开场出场的两位角色的雅典身份表明，这部剧作与雅典仍然有关系。雅典是著名的城邦，城邦是政治共同体的生活所在地——荒山野岭的寓意是非政治性的地方，它甚至没有名称，尽管有树木和石岩。看来，这部剧作的真正背景，其实是政治的雅典城邦与无名-无政治的荒山野岭的关系。

为何这两个雅典人会跑到无名的荒山野岭来？

在无路可走的处境下，欧厄尔庇得斯开始有些后悔，他的两段长戏白交代了事情的原委，从而给观众提示出基本的戏剧情境。原来，他俩在雅典集市的鸟市上买了两只飞禽：喜鹊和乌鸦。卖鸟的人忽悠两人说，这两只鸟儿可以帮他们"找到忒瑞斯的路"（行16）。

这个忒瑞斯（Tereus）在传说中是个国王，娶了个雅典女了普罗克涅为妻，却又与妻妹有染，以至于忒瑞斯与妻子和妻妹都变成了鸟儿：忒瑞斯变成戴胜鸟（$δρᾶσον$，这个名字曾出现在雅典阵亡者名单中），他妻子变成了夜莺，妻妹则变成了燕子。

阿里斯托芬化用这个传说,以此作为这部剧作的基本戏剧情境,但我们看到,这个情境被诗人放在雅典城邦这个政治语境中:忒瑞斯是在雅典城邦的鸟市上变成了鸟儿的。按欧厄尔庇得斯的说法,他俩为了"找到忒瑞斯的路"才来买鸟儿。因为,既然忒瑞斯已经变成鸟儿,要找到忒瑞斯,就得靠鸟儿引路。欧厄尔庇得斯没有料到,他买来的鸟儿把他带到了"什么路也没有的地方"(行20—21)。

人可能变成鸟儿吗?当然不可能。谐剧与肃剧的差别之一在于,肃剧讲看起来非常真实的故事,否则没法触动观众的心;谐剧讲明显虚构的故事,否则不便于让人发笑。但虚构也可以呈现非常严肃的真实问题,这里的严肃问题就是:彻底自在的自由是否可能。

现代自由主义的代表人物伯林提出的著名论点是:积极自由与消极自由的区别——这种观点基于二十世纪的僭政,没有经受住彻底的审查,最终被视为肤浅的看法。如果我们回到苏格拉底的看法，那么，像鸟儿一样自由，可以说是伯林推荐的所谓消极自由，但这种自由恰恰受到阿里斯托芬的质疑。

现在我们看到，谐剧诗人阿里斯托芬在呈现这个问题。忒瑞斯从雅典人变成鸟儿，无异于从政治人变成了非政治的自然动物。忒瑞斯为什么要变为鸟儿？也许可以推测，忒瑞斯希望普罗克涅姐妹都是他的妻子，与她们俩一起生活，而这对姐妹也愿意。可是，法律禁止这样的事情，为了摆脱法律对自由意愿的限制，他们仨干脆变成鸟儿，离开人世间——离开政治生活，去过自由自在的生活。这意味着，在阿里斯托芬看来，所谓自由就是要摆脱礼法对人世生活的约束。

毕竟，按传统神话的说法，把忒瑞斯变成鸟是奥林匹亚诸神对他施行的惩罚：忒瑞斯竟然强迫妻妹，割了她的舌头并拘禁她。妻妹写下自己的遭遇，传递给姐姐；姐姐为报复丈夫，把他们共同生育的儿子煮了给忒瑞斯吃。忒瑞斯知道后试图杀死两姐妹,诸神实在看不下去,终于出手把他们仨都变成鸟儿,惩罚他们无法无天的行为。

欧厄尔庇得斯接下来的第二段戏白证实了这一点,他对观众说:他和佩瑟泰洛斯眼下走投无路,自讨苦吃,是因为得了一种"病"(行31),即他们不愿再做城邦公民。不是城邦不让他们做公民,而是他们自己不愿意。雅典城邦并不让他们讨厌,它"既强大又富足,繁荣昌盛,谁都可以花钱付罚款和税费"(行37-38)。但正因为雅典城邦诉讼太多,他们俩觉得不胜其烦,因此主动要离开雅典。可见,他们没有拒绝强大和富足,而是拒绝法律制度,他们逃离雅典,为的就是逃离礼法制度。

我们在这里看到古希腊思想史上所谓礼法与自然对立的论题,这样的对立在我们的《庄子》中也可以看到,但性质有所不同。据欧厄尔庇得斯说,他们俩想要"找到一个逍遥自在的地方好安身立业",在"无所事事的城邦($πόλις$ $απράγμον$)"过日子(行44-45)。可是,他们俩不知道哪儿有这样的城邦，于是想到已经变成鸟儿的忒瑞斯。忒瑞斯既然做了鸟儿，在天空中看到的地方多，也许他已经在空中见到过"这样的城邦"（行47）。

这里的搞笑在于：他们寻求的仍然是"城邦"。城邦是一种政制，没有法律等于没有政制，但既然是城邦，又必然有政制。于是，"无所事事的城邦"只能是一种没有法律的政制。不过，在欧厄尔庇得斯的两段戏白之间，佩瑟泰洛斯的两次插话都下意识地带上了城邦语汇——"宙斯啊"（行23，25），至少对于佩瑟泰洛斯来说，能够逃离城邦不等于能逃离宙斯神族。看来，城邦与宙斯的关系问题，必然会带进两位雅典人所要找寻的新的城邦之中。

戏剧情节的推动力出现了：离开政治城邦去到"无所事事的城邦"。我们应该问，什么欲望驱使他们离开政治城邦去找寻"无所事事的城邦"。我们可以设想，这类欲望有高的和低的两种：要么是寻求解脱，要么是寻求超升。欧厄尔庇得斯和佩瑟泰洛斯要找鸟-人忒瑞斯打探"无所事事的城邦",从而,忒瑞斯当初不愿再做人而愿做鸟儿的欲望,为我们了解这两位雅典人离开城邦的欲望提供了线索。

忒瑞斯从前是国王,日子一定过得非常安逸,因此,他变成鸟儿的欲望也许不是想要解脱礼法的约束,而是想要超升。但忒瑞斯变成鸟儿,与他同自己的妻妹的关系有关。换言之,即便对于国王来说,拥有一对姐妹为妻,也是太过分的事情。这样看来,我们又很难说,忒瑞斯变成鸟儿的欲望,不是想要解脱低的欲望。

倘若如此,阿里斯托芬在这里呈现的是两个雅典人的欲望,会不会有这样的可能:欧厄尔庇得斯和佩瑟泰洛斯离开城邦的欲望不同,一个是低的解脱欲望,一个是高的超升欲望呢?

无论如何,由于最初产生这种欲望的是欧厄尔庇得斯,他的欲望应该就是忒瑞斯当初的欲望。随着剧情的发展,我们会看到,驱使欧厄尔庇得斯产生离开城邦的欲望是什么,到时,这个问题自然会见分晓。

戏就从这里开始：两位雅典公民在雅典的鸟屋各买了一只鸟，在鸟的带领下，他们离开一个城邦去找寻另一个城邦，城邦没有变，改变的只是城邦的性质。改变城邦的性质，恰恰是西方近几百年、中国近百年来的企望。

让我们记住，两位雅典人起初仅仅是要找一个在地上的没有政制的城邦，这是他们向往的最终归属地。要找到这样的地方，他们必须通过鸟－人忒瑞斯，但忒瑞斯已经变成鸟，要找到他就得靠鸟儿引路，只有鸟儿才知道鸟儿住在哪里。这里的搞笑在于：通过鸟儿，他们最终仍然要找的是人，只不过他们听说，这个人已经在高空中生活。

可是，当他们离开雅典城邦——离开政制，马上就迷路了（行28）：两位雅典公民在雅典城邦买的鸟儿把他们俩带到了荒山野岭，在荒山野岭中当然没有路。所谓道路是人间的东西，是政治生活的刻痕。两位雅典人虽然离开了雅典城邦，但他们已经习惯了路，没有路会让他们感到惊恐。他们不知道往哪里走，甚至不知道自己在哪儿。

诗人通过展示这两位离开城邦的人不知何往告诉我们，人是城邦动物，离开了城邦，人就失去了自己的生存位置。欧厄尔庇得斯最先想要寻找自由自在的生活，但也是他最先想家——诗人让观众发笑的同时，带给观众非常严肃的思考。

打探愉快、柔软的城邦

佩瑟泰洛斯突然听见自己手中给他引路的乌鸦在冲着上面叫唤，欧厄尔庇得斯说，他手中的喜鹊也在向上张嘴，"好像要告诉我什么事似的，那儿一定不会没有鸟"（行51-52）。看来，鸟儿正在给他们指引鸟儿的居处。两位雅典人设法让石头发出声音，以便与天上的鸟儿联络。随着石头发出的声音，出现了一只雎鸠，两位雅典人一阵惊慌，手中的鸟儿趁机飞走。

这只雎鸠是戴胜鸟的仆人，换言之，他本来也是人。可见，两只从雅典鸟市上买来的鸟儿没有欺骗两位雅典人，终于把他们带到了戴胜鸟的家门口。雎鸠见到两位雅典人，手中还拿着鸟，以为是捕鸟的，怕得要死。欧厄尔庇得斯赶紧说，"我们不是人"（行63），而是"非洲来的鸟"（行65）。

其实，两个雅典人也害怕。欧厄尔庇得斯说自己名叫"心惊肉跳"，佩瑟泰洛斯则说自己名叫"屁滚尿流"，是外国野鸡。总之，他们没有说老实话，不仅没说自己是雅典人，甚至没说自己是人。

鸟与人真的能够沟通吗？前面我们看到，两位雅典人一路上没有与鸟儿交谈，鸟儿指引戴胜的家时，要么叫唤，要么张嘴，没法与人有言语上的沟通。现在，两位雅典人能够与这只雎鸠交谈，是因为这只雎鸠本来也是人。雎鸠说：自己原本是忒瑞斯家的仆人，忒瑞斯变成鸟的时候，也让他变成了鸟，继续伺候老爷。由此可见，两位雅典人与雎鸠的相遇，其实是与鸟-人相遇。

欧厄尔庇得斯得知忒瑞斯变成鸟儿后仍然可

以有侍仆,显得很兴奋,佩瑟泰洛斯却对此没有在意。可见,欧厄尔庇得斯的确如他的名字所表明的,天性好享受安逸,他要雎鸠去叫自己的老爷来。雎鸠嘀咕着离开去叫老爷,随口带出城邦宗教的口头禅"宙斯在上"(行82)。看来,鸟儿生活的地方也在宙斯管辖之下。

刚一离开,两个雅典人就相互斥骂对方是胆小鬼,因为两人刚才见到一只雎鸠真的从天空中飞来时,着实吓得不行,手中从雅典买来的鸟儿都趁机飞走。但佩瑟泰洛斯装着比欧厄尔庇得斯胆大,他又向宙斯发誓,自己手中的鸟儿不是他惊慌时飞走的,而是自己主动放掉的。佩瑟泰洛斯念叨城邦宗教的口头禅比欧厄尔庇得斯多得多,似乎他更虔敬;欧厄尔庇得斯看出来,佩瑟泰洛斯装得不害怕的样子,但没有戳穿他,反而恭维他是条好汉,可见他生性随和得多,并不较真。

戴胜从一堆丛林中(行92)出场,由此我们得知,忒瑞斯变成鸟儿后,仍然居住在地上。他首先问"什么人找我"(行94)。他的样子让欧厄尔庇得斯感到十分好笑,因为他头上有三簇毛,肩上有一对翅膀,嘴也变成鸟型尖嘴,而欧厄尔庇得斯知道,他的原形是人。

戴胜自己倒若无其事,他说自己"原来也是人"(行97)。欧厄尔庇得斯仍然是与人在对话,或者说与鸟-人在对话,让人好笑的是,他们初次交谈的话题是鸟-人好笑的样子。戴胜告诉欧厄尔庇得斯,是肃剧诗人索福克勒斯在一出剧作中把他打扮成了这样。换言之,是肃剧把忒瑞斯变成了鸟,而非欧厄尔庇得斯先前以为的那样,是忒瑞斯在雅典鸟市上自己变成鸟儿的——诗人在这里借机嘲讽了自己的戏剧前辈。

随后,欧厄尔庇得斯就忒瑞斯现在的样子问了几个问题,这些问题表明,城邦人对鸟儿相当无知,分不清鸟与孔雀,也不知道冬天所有鸟儿都要脱毛换新羽(行103-105)。然后,忒瑞斯又问两位:"你们是什么?"(行107)

忒瑞斯没有感到他们的样子好笑,因为忒瑞斯熟悉人样。欧厄尔庇得斯回答说,"我们是人"——先前回答雎鸠时则说"我们不是人"。为什么会给出不同的回答？欧厄尔庇得斯见到了自己要找的鸟-人，自然得亮出自己的真实身份，以便讲明来意。

戴胜问欧厄尔庇得斯是哪族人，欧厄尔庇得斯回答说，来自"拥有勇敢舰队的城邦"（行107）。忒瑞斯并未因见到同胞而高兴，反倒显得警觉起来，担心两位是雅典来的陪审团成员。欧厄尔庇得斯赶紧申明，"我们另类公民，反陪审的公民"（行108）。换言之，欧厄尔庇得斯是雅典民主政制的反对派，因为他反对陪审团制度。这下子戴胜鸟才放下心来，问起两人的来意。

应该注意到，两位雅典来人与鸟-人的交谈，一直是欧厄尔庇得斯与戴胜在对话，佩瑟泰洛斯没有参言。这表明，欧厄尔庇得斯对变成鸟儿要比佩瑟泰洛斯急切得多。欧厄尔庇得斯赶紧说明来意：他和自己的同志佩瑟泰洛斯与忒瑞斯一样，本来是人，忒瑞斯欠了债不想还，变成一只鸟后不再还债，飞来飞去。忒瑞斯是否真的因为欠了债不想还才变成鸟的，我们不清楚，但欧厄尔庇得斯说自己是出于这样的动机，但我们随后会看到，他的真实动机并非如此。

欧厄尔庇得斯的这一说法，让我们想起阿里斯托芬的《云》剧中的老农斯特瑞普西阿得斯去找苏格拉底，为的就是讨得逃掉债务的办法。于是，我们可以联想：修习形而上学被类比为变成鸟－人。在《云》剧中，苏格拉底恰恰是坐在吊篮中从天空下来的。在阿里斯托芬的心目中，苏格拉底的哲学与成为鸟儿的意愿有本质上的可比性：摆脱人世间的种种牵缠。

欧厄尔庇得斯对忒瑞斯说，既然你由人变成鸟，"你有人的感受和鸟的感受"（行119），希望忒瑞斯告诉他，哪里有一个舒服的城邦，而且像皮袄一样柔软（行121）。

"柔软"让我们想起《被缚的普罗米修斯》中普罗米修斯的政制构想。欧厄尔庇得斯还特别强调，不是要找比雅典更伟大的城邦，而是要比雅典更舒适的城邦。忒瑞斯以为，欧厄尔庇得斯指贵族制城邦，欧厄尔庇得斯告诉他，自己恶心贵族制城邦，与他恶心伟大的民主制城邦差不多。他要找的城邦首先是舒坦，随之他举了一个例子：舒适的城邦最大的麻烦是，一大早就有人来请他吃喜酒。贪睡和贪吃不可兼得，就是舒适的城邦的最大麻烦。由此可见，欧厄尔庇得斯要变成鸟儿的欲望，是身体的欲求，也就是色诺芬笔下的苏格拉底所说的不能克制身体需要的自由，伯林所谓的消极自由。

忒瑞斯转过头来问在一旁一直没有说话的佩瑟泰洛斯，他喜欢怎样的城邦。佩瑟泰洛斯说，他喜欢的城邦与欧厄尔庇得斯喜欢的一样，但从他举的例子来看，虽然的确同样看重身体的愉快，但类别有所不同：欧厄尔庇得斯看中吃喝的快乐，佩瑟泰洛斯看重的不是贪睡、贪吃，而是同性恋的性快乐。

按柏拉图笔下的阿里斯托芬的看法，同性恋的男人有政治抱负（施疏，页169）。从阿里斯托芬笔下的佩瑟泰洛斯来看，他与欧厄尔庇得斯在天性上的基本差异的确是他有政治抱负。当然，佩瑟泰洛斯的政治抱负是否与他的身体欲望有直接的关联，属于一个人性之谜，20世纪的福柯向人们证明，这个人性之谜迄今仍然是一个谜。

无论如何，佩瑟泰洛斯的天性与欧厄尔庇得斯有根本差异：佩瑟泰洛斯在天性上属于苏格拉底区分的两类人中有统治意愿的那类，欧厄尔庇得斯则是没有统治意愿的那类。欧厄尔庇得斯与佩瑟泰洛斯离开雅典的欲望很可能根本不同：一个出自如今所谓消极自由的理由，一个出自所谓积极自由的理由。尽管如此，我们不能忘记，佩瑟泰洛斯的政治抱负的动力因素来自他的同性恋欲望。

戴胜对佩瑟泰洛斯说，他想找的城邦在红海边上倒有一个，但没有对欧厄尔庇得斯说，他喜欢的城邦在哪里有，这是为什么呢？让我们记住这个疑问。

欧厄尔庇得斯一听说城邦在红海边上，马上就否决了。他担心雅典的海船可以很快抵达，很难躲过雅典法庭的传票。忒瑞斯推荐的第二个地方在弥利厄斯，欧厄尔庇得斯也否决了，理由是，那个城邦的名字与肃剧诗人墨兰提奥斯谐音，而他讨厌肃剧诗人。忒瑞斯再推荐洛克里斯的奥彭提奥斯城邦，欧厄尔庇得斯还是否决了，理由是这个城邦的名字与著名传案人同名，而他讨厌老有人告状的生活处境。

从欧厄尔庇得斯的拒绝来看，他最讨厌妨碍日常享受的法律制度。忒瑞斯推荐的这三处地方都在希腊，看来，在整个希腊都不可能找到让欧厄尔庇得斯满意的城邦。欧厄尔庇得斯转而问戴胜，"这里鸟儿过得怎样"（行155）。忒瑞斯说很好，但他提到与鸟儿一起生活的首要好处是，没有经济问题。

我们都知道，这是现代所追求的理想社会的基本前提，即便共产主义社会也以此为前提。自由主义与共产主义是二十世纪的一对敌人，其实，两者的终极目的在某些方面是一致的，尽管也有不一致的地方。搞清楚两者一致和不一致的地方，对我们来说当然非常重要,这部剧作为此也许能提供一些线索。

欧厄尔庇得斯贪吃,他听忒瑞斯这么一说,就对在这里与鸟儿一起生活产生了兴趣。可见,他对忒瑞斯的新生活品质相当认同。何必舍近求远呢,也许就留在这里,与戴胜鸟以及他的同伴们一起生活,就很满足了。倘若如此,我们可以说,这兴许是一个完美的自由主义社会。

这时,在一旁没有说话的佩瑟泰洛斯突然欣喜地说:

> 我想出了一个为鸟类的大计划,只要你们相信我,你们完全可以实现。(行162)

忒瑞斯说,这里的鸟儿般的生活已经如此美好,佩瑟泰洛斯却不满足于如此美好,但这里的鸟儿生活给了他启发:应该建立一个鸟儿城邦(行172),也就是说,要使得鸟儿般的生活成为一种政治制度。

我们看到，相比之下，欧厄尔庇得斯的欲望太低了，他仅仅羡慕不愁吃喝、没有法律约束的鸟儿生活，即便这里有法律，也是为了保护个体想象的自由。说到底，这是一个去政治化或非政治化的社会。与此不同，佩瑟泰洛斯却有政治抱负，这就是使得鸟儿式的生活方式成为一种政制。

我们可能会觉得，这一"大计划"（μέγα βούλευμα）简直是想入非非，但对佩瑟泰洛斯来说，只要人有精神，什么人间奇迹都可以创造出来，我们为什么不能在空中建造一个鸟儿国出来呢？倘若实现了这一构想，人神关系不就会发生根本变化吗？可见，佩瑟泰洛斯的欲望很高，他要提升鸟儿原初的生活方式：别再张着大嘴到处飞来飞去，而是找个地方定居下来（行 165）。

这岂不是要鸟儿改变自己天生的生活方式吗？的确如此。如果我们可以类比的话，现代启蒙的设想就是如此：改变和提升世人的原初生活方式。

戴胜［忒瑞斯］同意佩瑟泰洛斯说得有道理，

他能够明白佩瑟泰洛斯突发奇想的想法本身，因为他是人变来的，但他搞不明白：鸟儿何以可能定居下来建立一个城邦。正因为如此，他没法说哪里有欧厄尔庇得斯喜欢的城邦。这意味着，戴胜［忒瑞斯］再怎么样也没有丧失人世的常识意识。

佩瑟泰洛斯马上启发忒瑞斯，要他转动脑袋上下四方都瞧瞧，似乎要他开动脑筋——然后问他看到了什么。忒瑞斯说，自己看到了"云雾和长空"（行177）。佩瑟泰洛斯纠正他，这叫枢轴（polos）或"中枢"，也就是天体（celestial sphere）转动时所围绕的中心（行180-181）。如果鸟儿在这个中枢筑居，建立鸟儿城邦（polis），就下可"统治世人"、上可"毁灭天神"（行185-186）。

由此看来，佩瑟泰洛斯为鸟儿城邦选中的城址，在诸神居住的上天与世人居住的大地之间。从而，所谓枢轴本身乃是自然天体的一部分。由此可以断定，佩瑟泰洛斯原本是雅典城邦中的智识分子，他懂得自然天体的原理。因为，建立鸟儿城邦的构想，实质上以自然天体为基础，重建诸神与世人的关系。按照这种设想，传统的宗法政制就会被以自然天体为基础的政制所取代。

这意味着，人世间不可能实现人的彻底自由，除非人建立起一个超越所有具体城邦的普世政制，统治所有人和所有神。说到底，人的自由的限制不仅来自他人，也来自诸神。这里的关键在于自然天体，而非鸟儿——鸟儿不过是这个自然天体中的定居者。如果我们回想西方近代政治思想的基本线索就可以发现，启蒙哲人的现代性构想与此类似。这并非是说，阿里斯托芬有历史的预见性，毋宁说，西方现代性的根源，的确很可能源于古希腊自然哲人的趣向。

戴胜还是不能明白，佩瑟泰洛斯的宏伟构想如何才能实现。佩瑟泰洛斯给他进一步讲解：未来的鸟儿城邦的城址，实际上就在"大气"中（行188），大气在天与地之间，这等于是在人与神之间。前面说的自然天体枢轴被更为具体的自然元素即大气取代了。人与神一向相互依赖：人要靠诸神保佑才能生存，诸神则要靠凡人供奉的祭肉的香气才能存活。一旦鸟儿以混沌的大气为基础建立起城邦，正好可以控制地上飘上来的祭肉香气，于是，鸟儿就可以要求天上的诸神给鸟儿城邦进贡。如果天上的诸神不答应，鸟儿就不让祭肉的香气通过大气飘到天上的诸神之家去，诸神就会统统饿死（行190-194）。

这让我们可以想到赫西俄德在《神谱》中讲到的分牛事件，佩瑟泰洛斯的宏伟构想要改变的恰恰是分牛事件的结果。换言之，佩瑟泰洛斯凭靠大气来制服诸神的构想，比普罗米修斯凭靠火来制服诸神的构想要大胆和有创意得多。尽管如此，佩瑟泰洛斯与普罗米修斯有一个共同点：他们都反对诸神。佩瑟泰洛斯首先是个无神论者，这种精神很可能来自普罗米修斯的"我憎恨所有的神"。

按佩瑟泰洛斯的构想，一旦鸟儿城邦得到进贡给诸神的东西，这个城邦就会过上神样的日子。

然后，鸟儿可以代替诸神统治世人。佩瑟泰洛斯没有说"毁灭世人"，仅仅说，如果世人不听话，鸟儿就不再吃蝗虫，蝗虫就会把地上的五谷吃光，世人会活活饿死。佩瑟泰洛斯建议鸟儿对付诸神和世人的办法都是饿死，非常贪吃的欧厄尔庇得斯在一旁听了，一定很不是滋味。

不用说，这两位一同离开雅典的同志，在追求鸟儿生活方式的问题上已经出现分歧。起初是欧厄尔庇得斯向忒瑞斯"请教"（行112），并对忒瑞斯眼下的鸟儿生活方式感到满意（行161）；现在呢，是忒瑞斯向佩瑟泰洛斯请教，这意味着，佩瑟泰洛斯否定或超越了忒瑞斯和欧厄尔庇得斯心仪的鸟儿生活方式。

佩瑟泰洛斯与忒瑞斯的这三十行对话，无异于佩瑟泰洛斯对忒瑞斯的启蒙教育。这种教育通常得用比喻：佩瑟泰洛斯把鸟儿城邦所在的大气比作波俄提亚（Boiotians），把诸神所在之地比作皮托的德尔菲（Delphi），把世人所在的地方比作雅典。如此比喻要启发忒瑞斯觉悟到：即便雅典实行了民主政制，人世间最完美的政制也有这样那样的缺陷。你忒瑞斯身为忒腊克国王离开地上的人世，不就因为那儿的政制不完美么？如今，我佩瑟泰洛斯要实现彻底的制度创新，也就是要实现最完美的政制。既然人世间不可能有完美的政制，要成就完美的政制，就只能超离人世，以自然的大气为基础来建立完美的城邦。

佩瑟泰洛斯让忒瑞斯看到，实现完美的政制的地方，更为接近传统的诸神所在地。佩瑟泰洛斯本来是要通过鸟儿寻找一个城邦，现在变成了主动为鸟儿创建一个城邦，事情的性质发生了根本变化。

佩瑟泰洛斯说服了忒瑞斯，但他是否也说服了欧厄尔庇得斯呢？

佩瑟泰洛斯在说服忒瑞斯时，欧厄尔庇得斯在一旁一直没有参言，看来他对这个计划不太热心，起码不是他自己心目中本来企求的城邦。当然，佩瑟泰洛斯的鸟儿城邦设想，也并非一开始就有。他与欧厄尔庇得斯跑来找忒瑞斯，仅仅为了追求自由的生活，摆脱政治制度的约束——或者说出于一种自由主义的心愿。佩瑟泰洛斯产生鸟儿城邦的构想，如我们看到的那样，完全是一时突发奇想。为什么欧厄尔庇得斯没有突发这样的奇想？

说到底，欧厄尔庇得斯与佩瑟泰洛斯的天性不同，欧厄尔庇得斯对政治或统治没兴趣，佩瑟泰洛斯则天生对政治或统治有兴趣。这两位雅典人一起逃离雅典追求自由自在的生活，但他们两人的不同天性恰好反讽地表明，自由是一个悖论：欧厄尔庇得斯要逃离被统治，佩瑟泰洛斯仍然要寻求统治。

问题来了：在鸟儿城邦中，这种统治与被统治的关系可以消解掉吗？

鸟-人忒瑞斯听了佩瑟泰洛斯的倡议，觉得奇妙无比（行195），他无比兴奋，希望佩瑟泰洛斯帮忙建立鸟儿城邦，但还得说服全体鸟儿。忒瑞斯告诉佩瑟泰洛斯，虽然鸟儿"从前不懂人话"（行198），但自从我忒瑞斯变成鸟儿后，与鸟儿一起生活，已经教会鸟儿说人话——当然是希腊语，这意味着鸟儿已经下降到类似雅典这样的地方。

不仅如此，忒瑞斯要求佩瑟泰洛斯说服鸟儿。说服是雅典民主政治的特色，佩瑟泰洛斯显得愿意去说服鸟儿，只要忒瑞斯能把全体鸟儿召集起来开大会。可见，佩瑟泰洛斯在雅典时，就有政治说服的热情或能力。看到舞台上的佩瑟泰洛斯，也许雅典观众会联想到普罗塔戈拉，因为，伯利克勒斯曾委托他为雅典殖民地图里奥设计政制蓝图；在柏拉图笔下，普罗塔戈拉显得对自己的政治说服能力非常自信：有能力说服所有希腊城邦。

忒瑞斯说，召集所有鸟儿来开会太容易了，因为他可以同自己的妻子夜莺一起用歌唱召集鸟儿，鸟儿听见歌声"立刻就会飞奔而来"（行205）。佩瑟泰洛斯仅仅提出了一个空想，忒瑞斯让他的空想有了变为现实的可能性。

召开鸟儿大会让雅典观众想起自己经常召开的公民大会。不过，召集全体鸟儿主要得靠忒瑞斯的妻子夜莺的歌声，这又会让我们想起阿里斯托芬在《公民大会妇女》中所展现的情形：雅典民主政治已经发展到女人主持公民大会。

进　场　鸟儿敌视雅典来人

戴胜退入自己的鸟窝，用甜美的婉转鸣唱唤醒自己的夜莺：

> 别睡啦，我的妻哦，满腹神圣哀伤的妻。
（行 209-210）

戴胜唤醒妻子要她用自己的嗓子唱歌，但要她唱的是悼歌，哀悼他俩的孩子伊提斯（Itys）。戴胜希望妻子歌声的颤音能感动奥林波斯山上的诸神，引发诸神"用歌声回应"（行 220）。就文辞而言，这段独咏非常凄美。从性质上讲，忒瑞斯的这段唤醒妻子的鸣唱充满了人世间的亲情和爱恋。

与此同时，这种凡俗的情感又与诸神的存在紧密联系在一起。人世间的亲情和爱恋把忒瑞斯和自己的妻子及其孩子维系在一起，诸神的歌唱回应人间妻子的歌声，似乎神性的美的辉光来自人世间凡俗的亲情和爱恋；反过来看，人世间凡俗的亲情和爱恋又倒映出神性的美的辉光。

这意味着什么呢？看来，忒瑞斯当初携妻变成鸟儿时的欲望，仅仅是过分贪恋人世间的亲情和爱恋。现在，忒瑞斯要让自己的妻子起身去召集全体鸟儿开会，开始着手实现鸟儿城邦计划，心中不由自主地升起对地上城邦的人间亲情的眷念和不舍。由此我们看到，忒瑞斯当初变成鸟儿的欲望，仅仅是由于过分的自然欲望与礼法的抵触。

相比之下，欧厄尔庇得斯和佩瑟泰洛斯离开地上的城邦时，就没有这样的情感，因为，他们离开雅典时，我们没有看到这样的哀婉。可见欧厄尔庇得斯和佩瑟泰洛斯的天性与忒瑞斯不同，可以设想，他们八成也有自己的妻子和孩子，离弃雅典当然也就离弃了自己的妻子和孩子，但妻子和孩子对他们来说不是自己心爱的人，或者说，他们压根儿就没有自己心爱的人。

就动机而言,忒瑞斯离开雅典变成鸟儿仅仅为了逃避礼法,与欧厄尔庇得斯和佩瑟泰洛斯追求自由不同。自由精神说到底是彻底自我中心的,尽管欧厄尔庇得斯和佩瑟泰洛斯的自由精神有品质上的重大差异(我们会想起李叔同出家的例子)。不仅如此,佩瑟泰洛斯的倡议着重提到制服诸神,忒瑞斯刚刚才接受了他的倡议,现在转头就歌唱诸神,可见他并没有把握佩瑟泰洛斯的倡议的要害,因为,他并不明白礼法与诸神的关系。

戴胜的妻子夜莺唱起了婉转的歌声,召唤鸟儿,但观众和我们实际上并没有听见,只有剧中角色听见。欧厄尔庇得斯对夜莺的鸣唱感到很舒服,禁不住称赞起来,说夜莺的歌唱"把整个林子都叫甜了"(行223)。佩瑟泰洛斯对夜莺的歌唱无动于衷,他要欧厄尔庇得斯赶紧闭嘴,生怕自己的宏伟构想流产。诗人让我们再次看到,佩瑟泰洛斯与欧厄尔庇得斯的天性差异实在太大,随着剧情的发展,两位雅典人的差异越来越明显,我们必须关注这一点。

夜莺鸣唱过后,戴胜开始呼唤各类鸟儿,说这儿"来了个极聪明的老先生,诡计多端,他有个新鲜主意,想做一件新鲜事",要鸟儿一起来"讨论"(行 255-258)。佩瑟泰洛斯和欧厄尔庇得斯与忒瑞斯一起引颈张望了半天,忒瑞斯首先看到飞来一只鸟儿;然后,他们看到鸟儿果真听见召唤前来:先是一只只地到,后来是一群一群地来(行 294)。看来,鸟儿的确生活得散乱,缺乏组织,相互之间也没什么联系。不过,在这里,各类鸟儿毕竟能听忒瑞斯的呼唤,又表明它们多少已经有了某种组织联系,这种联系以歌唱为媒介:鸟儿聚集在一起后,便组成了剧中的歌队。

与肃剧一样,谐剧也有合唱歌队,歌队也是戏剧角色。在《鸟》中,歌队由全体鸟儿组成。不仅如此,鸟儿是来开会讨论政制提案的,因此,歌队扮演的角色是全体公民。

两位雅典人对鸟儿非常缺乏认识,好些鸟儿都认不出来——戴胜热情地为他们俩介绍:这是沼鸟,那是锦鸡,这是波斯鸟,第四只鸟叫"饭桶鸟"——听起来像是在骂欧厄尔庇得斯。起初,两个雅典人还对各色鸟儿感到好奇,当见到鸟儿一大群一大群地到来,两位雅典人却怕了,欧厄尔庇得斯嚷嚷起来:"是不是要啄我们呀?它们都张着嘴瞪着我们。"(行309)

为什么两个雅典人会感到害怕,接下来我们就会明白。

鸟儿聚齐后,歌队长问戴胜有什么"好消息"(行315)。戴胜先说:"来了两位挺有办法的人。"(行316)鸟儿队长一听来的是人,马上紧张起来:世人不是鸟类的天敌吗?戴胜脑子没有转过弯来,他毕竟本来是人,既然自己可以成为鸟儿的朋友,他想当然地以为,两位雅典来人也自然可以成为鸟儿的朋友,因此他又说:"从世人来了两个老头儿,他们带来了一个伟大计划。"(行320-321)鸟儿队长一听,大惊失色,马上惊呼戴胜是"罪人"。

戴胜感到奇怪,他说人家"希望和我们生活

在一起"啊（行323）。歌队长根本不听戴胜的解释，惊呼上当受骗，指责戴胜是叛徒，鸟类接纳了他、爱他（行329），他竟然"犯了古老的法令（ϑεσμους），破坏了鸟类的誓言，让我们上当，把我们出卖给可恶的世人"（行331-335）。

为什么歌队长如此愤怒？忒瑞斯破坏了差序格局，使得鸟与人的类别区分不再有效。虽然忒瑞斯成了鸟，他仍然并不懂得鸟儿信守的神圣礼法：不得与世人交往，因为世人是鸟类的"永恒死敌"（行335）。透过歌队长的说法，我们可以体会到什么呢？雅典的普通公民们实际上很质朴，也很虔敬；相反，想要变成鸟儿的人是公民中的异类，他们往往无视"古老的法令"。

歌队长号召鸟儿将两个雅典人处以极刑，然后再考虑怎么收拾忒瑞斯。鸟儿队长对两个雅典人的类似本能的反应，可以理解为虔敬的公民们对好高骛远的异类公民的政治态度。现在我们明白，为何佩瑟泰洛斯和欧厄尔庇得斯早就开始感到害怕。

佩瑟泰洛斯首先惊呼："我们的死期到了"（行338），但他并没有显得好像怕死的样子——欧厄尔庇得斯却埋怨起佩瑟泰洛斯来："为什么你要把我带来这里。"（行339）

现在我们知道，离开雅典的动议原来是佩瑟泰洛斯最早提出的，欧厄尔庇得斯不过是他所需要的"搭档"（行340）。从根本上说，离开雅典城邦是一种政治行动，如此行动只有具有统治天性的佩瑟泰洛斯才想得出来。可以说，佩瑟泰洛斯的脑袋不仅异想天开，毋宁说，他的脑子首先是不安分——在阿里斯托芬笔下，这是哲人的天性。欧厄尔庇得斯不仅天性懒散，而且没脑子。可以设想，佩瑟泰洛斯劝服的第一人并非忒瑞斯，而是欧厄尔庇得斯。欧厄尔庇得斯跟随佩瑟泰洛斯的政治行动，要么因为他不动脑筋，稀里糊涂听从了佩瑟泰洛斯的劝说，要么因为懒得抵制佩瑟泰洛斯的纠缠，再不然就是佩瑟泰洛斯用好吃懒做的生活远景骗了他——无论如何，欧厄尔庇得斯现在非常害怕，想要"大哭一场"（行341）。

进场戏以鸟儿（歌队）向两位世人来的代表发起进攻落下帷幕，它们要啄掉世人的眼珠，让世人哭都哭不成。鸟儿与忒瑞斯对待两位雅典人的态度判然有别，这表明忒瑞斯毕竟不是原生的鸟儿，而是人而鸟的鸟－人，是世人与鸟类敌对性的调和者。

第一戏段　雅典叛徒

鸟儿冲向两个雅典人,欧厄尔庇得斯惊慌失措,想要逃跑,佩瑟泰洛斯却显得临危不乱,他冷静地对欧厄尔庇得斯说:"你就不能不逃吗?"

欧厄尔庇得斯怕死,佩瑟泰洛斯却不怕,为什么?因为他有政治抱负,由此我们再次看到他与欧厄尔庇得斯在天性上的差异:佩瑟泰洛斯甚至劝欧厄尔庇得斯"拿起砂锅"(行337)或"烤肉的叉"(行360)战斗。欧厄尔庇得斯称赞佩瑟泰洛斯在战略上"比尼基阿斯还要高明"——尼基阿斯是伯罗奔半岛战争时期的著名将领,可见佩瑟泰洛斯本来是雅典的政治家。按这个比喻,我们也就可以恰当地把鸟儿理解为斯巴达邦民。

在这紧急关头,忒瑞斯赶紧出面劝阻鸟儿,说这两个雅典人是"无辜的"(行378)。歌队长搞不懂,对敌人哪有怜悯的道理。戴胜则说,世人是鸟儿的天敌固然不错,但应该区分不同的人,比如这两个雅典人是来给鸟儿"出好主意的",他们为鸟儿献出自己的思想,因此是鸟儿的朋友——这是忒瑞斯说服鸟儿队长的第一个理由,但鸟儿队长没有接受。忒瑞斯再反过来说:就算他们是敌人吧,"但是,聪明人(οἱ σοφοί)能向敌人学到许多东西",尤其是"向朋友学不到的东西"(行377)。比如:只有敌人而非朋友才让人学会建造高大的城墙、制造巨大的战舰;敌人的存在才让我们懂得提高警惕,懂得备战的必要性。搞笑的是,凭靠这一条理由,忒瑞斯说服鸟儿队长对天敌放松了警惕。

第一条理由比较思辨,需要懂得区分,鸟儿队长理解不了;第二条理由非常简单,但也非常政治:聪明意味着能从自己的天敌那里学到东西。不仅如此,第二条理由劝说鸟儿向人学习,这无异于在引导鸟儿向更高的智慧看齐。我们还可以注意到,这条理由很短,仅六行台词(行375-380),相比之下,佩瑟泰洛斯起初说服忒瑞斯时显得要艰难得多，他花费了足足三十行口舌（行162-193）。我们感觉到，说服朋友比说服敌人要更为困难：毕竟，忒瑞斯不是世人的尘世敌人，而就忒瑞斯本性是人而言，他也是鸟儿的敌人。或者也可以说，要说服理智上层次相若的人比说服理智上比自己低一些的人更为困难。

鸟儿队长现在愿意听听雅典人的建议，佩瑟泰洛斯感觉到鸟儿队长的敌对态度有所转变，打算撤退，但发现鸟儿军队还没撤，又认为不能放松警惕。我们记得，刚才忒瑞斯说服鸟儿队长时的第二个理由恰恰是：聪明人因敌人的存在学会了保持警惕。我们可以说，佩瑟泰洛斯就是"聪明人"——在柏拉图笔下，我们看到这个语词等于智术师。相比之下，欧厄尔庇得斯就缺乏这种政治警觉，不仅如此，他仍然沉浸在惊惧之中，甚至担心自己会死无葬身之地。佩瑟泰洛斯坦然地说，如果牺牲了，会"埋在烈士公墓，用公费埋葬"（行395）。

这话表明，佩瑟泰洛斯离开雅典是自觉的、

有抱负的行动，为的是实践新的政制构想，而欧厄尔庇得斯离开雅典的动机却并非如此。考虑到阿里斯托芬剧作的基本背景是伯罗奔半岛战争，我们也许可以这样来理解：在阿里斯托芬看来，雅典城邦挑起的伯罗奔半岛战争，是一场高度意识形态化的战争。换言之，雅典城邦发动这场战争，为的不是经济利益，而是实现新的政制理想。不妨对比修昔底德《战争志》卷二开始不久伯利克勒斯著名的"雅典阵亡将士葬礼演说"。

鸟儿队长让鸟儿部队休息，然后要忒瑞斯说说，两位雅典人"是干什么的，从哪儿来，想干什么"（行404-405）。忒瑞斯虽然让鸟儿对雅典来人放松了警惕，但仍然没有说服鸟儿相信雅典来人是出于善意。现在忒瑞斯需要更进一步说服鸟儿：虽然两次说服在形式上都是问与答，但与第一次说服不同，第二次说服的问与答不是对抗性的，而是请教。

对鸟儿队长提出的"他们是什么人，来自何方"这一问题，忒瑞斯的回答是，他们"来自智

慧的希腊 [ξείνω σοφῆς ἀφ' Ἑλλάδος]（行409）。说整个希腊以"智慧"闻名，无异于说整个希腊以哲学闻名。鸟儿队长进一步问，"什么机运"把他们带到"我们鸟儿这里"来，忒瑞斯的回答是，"对鸟儿生活的爱欲 [ἔρως βίου διαίτης]"（行411-412）。前一个回答的关键词是"智慧"，后一个回答的关键词是"爱欲"——对鸟儿自由自在的生活方式的爱欲。

对自由自在的生活方式的追求，似乎是希腊智慧的品质。这值得如今的我们想想，这是否就是希腊智慧与其他地方比如埃及或中国的智慧的差异所在？在埃及人或中国人中间，不会有这样的哲人？

鸟儿队长对希腊人的如此爱欲感到不可思议，疑心两位雅典人的想法会不会有什么贪图利益的考虑。可以看到，鸟儿的考虑非常实际，或者说境界很低，他们觉得这两个雅典人要么"疯了"（行426）、要么"脑筋糊涂"（行428）。忒瑞斯告诉鸟儿队长，人家既非"疯了"也非"脑筋糊涂"，而是"十分狡猾，像只狐狸，整个人就是主意、办法、诡计的化身"（行429-430）。

忒瑞斯的说法让我们想起奥德修斯或者普罗米修斯。在常人眼里，哲人就是疯子，脑筋怪，在高人眼里，哲人才是智慧头脑。忒瑞斯的第二次劝说让鸟儿看到，以智慧为特征或者说以哲学为特征的雅典来人比鸟儿的境界高，因此，鸟儿队长对忒瑞斯说，"你把我们说得都要飞起来啦"（行431）。所谓境界高，意味着超越世人生活，相比之下，鸟儿过的反倒像是世人生活。

我们知道，雅典与斯巴达的区别首先在于：雅典以有哲学闻名，并为此感到自豪；斯巴达没有哲学，被视为野蛮。换言之，斯巴达的生活境界不如雅典高，这是雅典攻打斯巴达的理由。如果我们把鸟儿看作常人，把雅典来人看作哲人，就可以理解鸟儿在这里的双重含义。一方面，鸟儿表征的是依从礼法或自然法则生活的常人，另一方面，鸟儿生活又象征高出常人的生活方式，也就是哲人所追求的自由生活方式。显然，这两个方面不仅有差异，而且相互矛盾。随着剧情的发展，我们会看到这一矛盾的解决。就此而言，我们可以说，这部剧作的情节推动力就在这一矛盾之中。

忒瑞斯见鸟儿队长已经被说服，非常高兴，赶紧解除了鸟儿的武装，然后转身要佩瑟泰洛斯直接对鸟儿说说自己的想法。

佩瑟泰洛斯仍然不放心，害怕被鸟儿挖掉眼睛。鸟儿队长一再表示，绝不会伤害雅典来人，甚至发誓，而且用的是雅典民主政制的语汇："让所有评判的票和所有观众都让我们赢。"（行445）

在忒瑞斯的调和下，鸟儿队长与佩瑟泰洛斯之间消除了敌对状态。这里我们没有见到欧厄尔庇得斯插话，这再次证实，他的境界与佩瑟泰洛斯的境界非常不同。同样值得注意，最后是忒瑞斯代替鸟儿队长向全体鸟儿下达了解除战争状态的命令。忒瑞斯从前是国王，现在他似乎暂时代理鸟王的职责，因为政制即将发生变革。

雅典哲人佩瑟泰洛斯要创律鸟儿城邦，自然

得有邦民,鸟儿将是未来的鸟儿城邦的邦民。但哲人很难直接掌握常人,因为常人对哲人有天然的敌意,需要借助政治生活中的强人。我们看到,忒瑞斯成功地帮佩瑟泰洛斯驯服了常人。

第二戏段　对鸟儿启蒙

这一戏段一开场,全体鸟儿首先表示,虽然他们对自己的天敌仍然心存疑虑,但经忒瑞斯说服,他们愿意听听两位雅典人关于何为好生活的主意。鸟儿的天性非常实际,他们说,如果鸟儿从佩瑟泰洛斯的计划获得"什么利益",鸟儿都会共同分享(行459)。鸟儿看重实际利益,而且共同体感觉非常强。

佩瑟泰洛斯兴奋不已,叫欧厄尔庇得斯拿花冠,要打扮自己,还要他拿水来洗手。欧厄尔庇得斯也兴奋起来,以为要赴宴,会有好吃的。佩瑟泰洛斯说没他的事,自己现在要对全体鸟儿做一次让"它们惊心动魄"(行466)的演说。欧厄尔庇得斯满脑子最低的欲望,为口感而兴奋,佩瑟泰洛斯满脑子政制构想,为实现自己的政制理想而兴奋。

佩瑟泰洛斯转身对全体鸟儿说:"我多么为你们伤心啊,你们曾经是王……"(行467)这话让鸟儿大为惊讶。佩瑟泰洛斯肯定地说,是的,你们鸟儿是"万物之王",不仅是我和欧厄尔庇得斯的王,甚至是宙斯的王,因为,你们比宙斯的爸爸乃至大地该亚还年长(行468)。

赫西俄德的《神谱》中说,太初仅仅是混沌,混沌生出大地,大地生出天空。既然混沌般的虚空比大地和上天都古老,在混沌的虚空中飞来飞去的鸟儿自然也比天地年长。既然宙斯和他的爸爸是神,说鸟儿是比这些老神更年长的王,无异于说鸟儿是最为年长的王。

这里隐含的论点是:诸神住在天上,世人住在地上,说鸟儿是最初的神,等于说鸟儿比诸神和世人都要年长。"王"在这里被理解为辈分最高,这种说法的含义非常贵族化。佩瑟泰洛斯重摆神谱的依据是"古老",而非现在居住的位置高低和统治格局。换言之,佩瑟泰洛斯颠覆既存的诸神统治秩序凭靠的理据首先是"古老"。

鸟儿队长惊呼,"宙斯在上,这可从来没听说过哦"(行470)。佩瑟泰洛斯马上开导说,你们鸟儿不知道自己的伟大身世并不奇怪,因为你们的日子过得悠哉闲哉,"不学习($ἀμαθής$),没读过《伊索寓言》($οὐδ'\ Αἴσωπον\ πεπάτηκας$)"(行471)。佩瑟泰洛斯还说,伊索早就说过:云雀是头一个生出来的,比大地还早。这一说法为鸟儿是最早的王提供了文本证据,欧厄尔庇得斯随之唱和。

奇妙的是,当佩瑟泰洛斯对鸟儿说,王位应该属于鸟儿时,欧厄尔庇得斯指着佩瑟泰洛斯说,他也应该变成一只尖嘴鸟儿,否则宙斯不会轻易让出王位(行479)。佩瑟泰洛斯对鸟儿启蒙的同时,欧厄尔庇得斯也开始有所觉悟,认识到佩瑟泰洛斯的政治野心。阿里斯托芬的谐剧很政治,人物是政治观念的化身。

接下来,佩瑟泰洛斯又进一步从历史角度论证鸟儿是最年长的王:在古代,统治世人的不是天神,而是鸟(行480)。他举了三个政治体的例子。第一个例子是波斯人,统治波斯人的是公鸡,因此公鸡也被叫作波斯鸟,它比波斯人的圣王大流士还年长;公鸡一唱,所有工匠都起身干活。欧厄尔庇得斯非常敏感,以为佩瑟泰洛斯这样说是在讽刺自己好吃懒做,赶紧为自己贪吃贪睡辩护,说公鸡一唱,起身干活的不仅有工匠,也有打劫的强盗。

第二个例子是希腊人——统治希腊的是鹞鹰,所以,后来的希腊人都崇拜鹞鹰。对佩瑟泰洛斯的说法,欧厄尔庇得斯调侃了一通。佩瑟泰洛斯举的第三个例子是统治埃及和腓尼基的鹁鸪鸟,说它只要叫唤,所有腓尼基农人都下地干活。

为什么佩瑟泰洛斯以这三个政治体为例?也许,在雅典人眼中,这三个政治体是一流的政治体——我们不妨想想,在如今的西方人眼中,谁是一流政治体。

对比这三个例子,值得注意佩瑟泰洛斯说到波斯和埃及的鸟王时,都仅仅说鸟儿支配人的劳作,唯有说到希腊的鸟王时涉及统治城邦。举完三个例子后，佩瑟泰洛斯再次回到希腊的例子，说在希腊的所有城邦，即便是人当王统治，鸟儿始终坐在国王们的权杖上，分享国王们得到的贡品（行509），这表明佩瑟泰洛斯重点强调鸟儿王应该施行统治，即民主政制。

希腊人的例子在中间——佩瑟泰洛斯的说法似乎暗示，凡一流政治体最早的统治者都是鸟儿，然后才转让给人来做国王。反过来理解，凡统治得好的政治体，最初的王都是鸟儿。对佩瑟泰洛斯的说法，欧厄尔庇得斯继续报以嘲讽：鸟儿王也收受贿赂。读到这里，笔者难免联想到诸多现代政治思想家关于自由民主政体的种种论证。

佩瑟泰洛斯最后转向了神学论证，事实上，他的说法最难解释宙斯神族：难道宙斯神族最初的统治者也是鸟儿？佩瑟泰洛斯首先说，"当今世界的统治者宙斯的头上站着一只鹰"（eagle），宙斯以此作为"王权的标志"（行515）。言下之意，鹰是宙斯神族最初的王。此外，宙斯的女儿雅典娜伺候一只猫头鹰，阿波罗伺候一只隼。大上的诸神要员为何也得有鸟儿护佑呢？提出疑问的不是鸟儿，而是欧厄尔庇得斯。佩瑟泰洛斯解释说：这是因为鸟儿可以比宙斯、雅典娜、阿波罗等诸神要员先吃到祭肉——我们看到，佩瑟泰洛斯的说法更改了赫西俄德在《神谱》中的说法。

佩瑟泰洛斯的整个论述线索是：首先提出鸟儿是最古老的王，然后列举人世中的强大列国，指出在这些一流政治体那里，鸟儿是最初的王，揭示人间的王权其实是鸟儿让渡的，最后提到宙斯神族，揭示奥林波斯诸神的王权也是鸟儿让渡的。

在结束时，佩瑟泰洛斯采用我们熟悉的古今对比手法对鸟儿启蒙：古时候，鸟儿的权位最高，世人"并不向诸神发誓，都是向鸟儿赌咒"。但现在呢，鸟儿竟然屈居世人之下，成了"奴隶、傻瓜、浑虫，还[被人]拿石头打，像打疯子"（行524-525），用网罗逮，用牢笼关，捉到手后"一批一批倒卖"。人买鸟的时候，在你们身上随便乱摸，感觉一下你们身上的肉是否好吃。即便要吃，还得抹油,"做个又油又鲜的卤子滚烫地浇在上面,好像你们是臭肉似的"(行538)——诸如此类的说法对我们来说真还不陌生,现代的自由民主启蒙教育就是如此。

全体鸟儿听后果然无比悲痛,痛惜自己的父辈"丢掉了光荣祖先的权力和地位"(行541),对雅典来人油然而生感恩戴德之情,决意把自己的全家老小都托付给雅典来人。鸟儿队长不愧为队长,它马上问佩瑟泰洛斯:"我们该怎么办?请你指教我们"(行547),如何才能"全部恢复主权"(行549)。现在鸟儿渴望被启蒙,佩瑟泰洛斯成了鸟儿仰慕的教师。

佩瑟泰洛斯顺势提出自己的构想:首先,在空中建立鸟儿城邦,砌起一圈"高大的城墙,围住整个大气和天地之间的广阔空间"(行551-552)。鸟儿城邦建成后,马上"向宙斯要回王权"(行554)。若宙斯不下,"就对他进行圣战"(行556),截断宙斯神国与人间的通道,不准诸神到地上的城邦去乱串。同时晓谕世人,"鸟儿现在是王"（行562）。世人先向鸟儿献祭，然后才轮到天上的诸神。

佩瑟泰洛斯对鸟儿的演说变成了政治召唤：为世人塑造一族新神（鸟儿神族）。世人希望从宙斯神族那里得到的东西，都可以从鸟儿那里得到。对于熟悉荷马和赫西俄德的雅典观众来说，他们很清楚，佩瑟泰洛斯的建议彻底更改了传统的神谱和神与人的秩序。由此看来，佩瑟泰洛斯的想法与普罗米修斯的意愿完全一致：要世人不再敬拜奥林波斯山上的神族。这里出现的阿弗萝狄忒、赫耳墨斯、赫拉克勒斯，都是赫西俄德和埃斯库罗斯笔下的普罗米修斯神话中出现过的形象。

佩瑟泰洛斯给鸟儿的建议，看起来是在重复先前给忒瑞斯的建议，其实不然。首先，佩瑟泰洛斯的说法简短了许多，但并非仅仅是形式上的简洁。佩瑟泰洛斯说服忒瑞斯时，仅仅建议鸟儿别再飞来飞去，得在天地之间的大气中定居下来，以便统治世人，摧毁诸神。但佩瑟泰洛斯没有给这个建议提供正当性论证，或者说没有论证这一建议的正义性质。这意味着，对忒瑞斯来说，佩瑟泰洛斯的倡议不言而喻是正义的（行316）。

对鸟儿来说，如此正义并非不言而喻。因此，佩瑟泰洛斯需要为鸟儿统治天地提供正当性论证。显然，鸟儿的智商比忒瑞斯低，我们可以想到一个常识性的问题：智商低的人是否反倒更正义、更虔诚。

第二，佩瑟泰洛斯没有再提饿死诸神的事情。换言之，佩瑟泰洛斯对忒瑞斯陈述建议时，对诸神的立场要狠得多，无异于把诸神置于死地而后快。佩瑟泰洛斯在对全体鸟儿提建议时，对诸神采取了较为温和的立场，这是为什么呢？

一种解释是：如果建议鸟-人们饿死诸神，等于建议世人不再对诸神献祭，这样一来，人间习俗会发生太大变化。还可以设想：既然要恢复鸟儿的最初王权，既然鸟儿甚至是诸神的祖先，就应该得到诸神从世人那里得到的献祭，如果建议饿死诸神，恢复鸟儿的王权就是虚假的，从而暴露出雅典来人的真实想法：灭掉所有的神，自己当王。

忒瑞斯毕竟与鸟儿在本性上不同，他是鸟-人，而非生而为鸟的鸟。换言之，他本来是王者，但他因自己的天性更愿意做平民（亦即鸟）。历史上后来真还有这样的王者，比如查理大帝的儿子虔敬者路易。由此可见，世界上什么事情都会发生，因为，什么天性的人都有。

佩瑟泰洛斯要建立的鸟儿城邦所针对的政治敌人明显是宙斯神族，欧厄尔庇得斯听了欣喜无比。这不难理解，因为，宙斯神族与宗法联系在一起，推翻宙斯神族的治权，对欧厄尔庇得斯企望的自由生活来说当然非常重要。如今我们看到，自由主义政治观念的重要内容之一，就是彻底遗弃传统宗法。

与欧厄尔庇得斯不同，鸟儿听了仍然有疑虑。鸟儿队长怯生生地问：

> 世人会把我们当作神而不是喜鹊吗？咱们会飞，而且长着翅膀。（行571）

这无异于问，咱们鸟儿究竟是不是神。从哲学上讲，这等于问：神是什么。这里出现的问题是：宙斯神族住在奥林波斯山，这意味着，要行使王权，神就得在某个地方定居下来，否则何以施行统治哩。所以，佩瑟泰洛斯要鸟儿别再飞来飞去，在空中砌起一座城定居下来。可是，鸟儿生来就得飞来飞去，因此，鸟儿队长搞不懂：世人何以会把这类自由自在地生活的族类当神来崇拜。雅典观众看到这里，他们会想人民能否为"王者"吗？恐怕不会，就跟今天的人民一样，观众不会想这里隐含着的问题。

佩瑟泰洛斯一听就急了，骂鸟儿队长蠢，说诸神也有翅膀，也会飞，似乎有翅膀会飞是神的标志。言下之意，鸟儿天生就是神。但欧厄尔庇得斯的说法帮了倒忙，他说宙斯会"飞着拿雷劈人"（行576）。这无异于提醒佩瑟泰洛斯，会飞绝非诸神的本质特征，有能力施行严厉惩罚，才是宙斯神族的主要特征。

佩瑟泰洛斯显然明白，即便鸟儿自认为是神，世人是否认鸟儿是神，的确还是问题。这里透露出一个大问题：能够当王与能够当神，还不是一回事。鸟儿即便夺回王权，不等于重新获得神位。这也表明，佩瑟泰洛斯真正觊觎的是神位，而非王权。由此看来，君权神授的原则已经被理所当然地取消了。

佩瑟泰洛斯念头一转，马上教诲鸟儿：如果世人不认鸟儿为神，继续崇拜奥林波斯诸神，鸟儿就对世人采取惩罚性措施，即派麻雀和白嘴鸦吃光地里的种子。看来，鸟儿让世人相信它们比神厉害的最好办法，仍然是吃光地上的谷物让世人饿死。实行惩罚本来是宙斯神族管制世人的基本法宝，佩瑟泰洛斯能够想到的鸟儿惩罚世人的措施，仅仅是吃光地里的种子，甚至派老鸦啄瞎耕地的牲口，比起宙斯的霹雳来，威吓力显然小得多。这让我们想到一个与今天的政制非常相关的问题：政制统治是否应该尽可能减轻惩罚的严厉程度。

佩瑟泰洛斯心里明白，鸟儿没能力完全取代

宙斯神族的统治才能，因为他想到，宙斯神族的成员还能给地上的世人治病，鸟儿就没法做到。佩瑟泰洛斯只好搪塞说，如果人要求阿波罗神治病，就得让人花钱。可是，鸟儿有什么能耐让人非花钱不可？佩瑟泰洛斯显得没法自圆其说。他已经感觉到，他很难一下子说服鸟儿相信，它们比奥林波斯诸神的地位高，倘若如此，世人就会继续仅仅承认和崇拜城邦诸神。

佩瑟泰洛斯灵机一动，转而从世人的角度出发来劝导：如果世人承认鸟儿是神，"把你当神（σὲ θεόν），当命根子，当大地，当宙斯的爹爹（σὲ Κρόνον）"，"所有的好处"（行586-587）都会有了。这一说法有两点值得注意。首先，佩瑟泰洛斯无异于把诸神与鸟儿混为一谈。在此之前，他可没把鸟儿说成诸神：鸟儿是最初的存在，但并非神。

在赫西俄德笔下，最初的存在大地等是神，由于鸟儿比大地还老，鸟儿等于是高于城邦神的原初自然存在。换言之，自然高于诸神。这显然是相当哲学的看法，奇妙的是，在二十世纪的哲王海德格尔那里，我们可以看到类似的主张："最高的存在者从此将是某种自然的存在者（natural beings）。"

其次，佩瑟泰洛斯的这一说法强调，世人承认鸟儿是神，所有的好处世人都有了。这句话以让世人承认鸟儿是神开头，以让人承认鸟儿对世人有好处结尾，似乎要成为神，就必须怜爱世人（philanthropic），或者反过来说更好：怜爱世人就可以成为神。

鸟儿队长赶紧请教，咱们鸟儿何以可能做到造福世人。佩瑟泰洛斯说，鸟儿当了神，派出消灭蝗虫、蚜虫、树瘿虫一类害虫的鸟类军队，地上的虫子就没法再吃地上的种子。这样，人间的谷物植物的生长就不再依靠宙斯神族，而是依靠鸟儿。鸟儿队长记得佩瑟泰洛斯先前提到让世人花钱的事情，知道世人"最爱钱"（行591），要造福世人，不给世人提供钱财怎么行呢？佩瑟泰洛斯启发鸟儿发挥自己的占卜能力，帮世人发财致富。

世人最需要的是钱——也就是财富,可以说是一个严肃的政治哲学见解:诸神不用花钱,也没钱给世人,这看起来的确是诸神的致命弱点。但世人不是通过拜神来祈求自己发财吗?佩瑟泰洛斯的启发等于教鸟儿凭靠自己的占卜能力褫夺诸神的权位。

佩瑟泰洛斯还启发说,世人除了爱钱财,还非常惜命,出门就要问吉凶,鸟儿也可以凭靠自己的占卜能力让人避凶就吉。佩瑟泰洛斯把爱钱财和惜命放在一起来说,说明他对世人的本性有相当深入的了解。在自由民主的今天,我们看到,世人最终追求的就是发财和惜命,世人最低的欲望成了最高的欲望,尼采和科耶夫所谓的"末人"伦理。

佩瑟泰洛斯甚至启发鸟儿,可以通过占卜让某人捡得"前人埋藏的银子宝贝"(行599)。至于惜命,除了出门避凶就吉,最重要的是人身体健康和寿命,鸟儿队长说,这向来是诸神掌管的事情,鸟儿没法插手。佩瑟泰洛斯则教导说,让人有了钱，就会有健康，至于寿命，他告诉鸟儿队长，鸟儿们天生命长，随随便便就活上三百岁，如果鸟儿把自己的命相分给世人一点儿，世人岂不就长寿了吗？

对鸟儿的启蒙教育以鸟儿给世人带来实际的好处结束，首先兴奋起来的是欧厄尔庇得斯，但我们注意到，他的说法是："鸟儿做我们的王真比宙斯好得多。"（行610）这话的意思是，倘若是鸟儿而非宙斯神族统治人间城邦，那么，人间城邦的生活将会是最美好的生活。

由此我们看到，欧厄尔庇得斯企望的是让世人最低的欲望成为最高的欲望，至于哪个神在统治，无关紧要。换言之，废除神的统治并非欧厄尔庇得斯追求自由生活的目的，过得无比舒适，长命百岁才是目的——我们可以说，这是平庸的自由主义。

与此不同，佩瑟泰洛斯说了一大段话，总结自己的看法：在鸟儿的治下，生活得更美好关键在于人不用再敬神。也就是说，佩瑟泰洛斯的根本意图是废除诸神的统治：鸟儿替代诸神成为神后，世人既无需为鸟儿造神庙，鸟儿仍然住在树林子里，也无需专门去神庙所在地祭神，随地在树林子里"举手祷告就得啦"（行625）。这种说法暗中取消了先前的倡议中提到的世人继续向诸神献祭的说法，甚至等于是说，根本无需向新神鸟儿献祭。

佩瑟泰洛斯最终表达出了他倡议创建鸟儿城邦的意图，可以看到，这个意图比欧厄尔庇得斯的欲望要高得多。现在应该问个问题：倘若真的建成了鸟儿城邦，按佩瑟泰洛斯的构想，人间是否就不再有神的统治了呢？

我们可以设想两个结果：要么人间城邦是群龙无首的政制，要么是一个新神出来统治，这个新神显然不会是鸟儿。

鸟儿队长终于觉悟过来：两位雅典来人不是鸟儿的敌人，而是鸟儿"最亲的亲人"（行627）。佩瑟泰洛斯的启蒙得到满意的结果：鸟儿已经发誓，要与佩瑟泰洛斯一道反对诸神。佩瑟泰洛斯的演说很清楚地有两个重点：首先是启蒙，启发鸟儿忘记了自己伟大高贵的出身和自己的真实身份；然后是号召鸟儿起来造宙斯神族的反，夺回属于自己的王权。

可是，现在鸟儿还没有恢复王权，佩瑟泰洛斯已经获得了对鸟儿的王权。那么，佩瑟泰洛斯凭靠什么获得对鸟儿的支配威信，或者说，鸟儿因为什么而拜倒在佩瑟泰洛斯脚下呢？鸟儿队长承认，鸟儿有的是气力，但涉及"智慧和计算的事情"就不行了（行636）。换言之，鸟儿的脑筋不如雅典来人好使，因此，一切用脑筋的事情仍然得由雅典来人全权处理。

我们看到，鸟儿其实没有思想，对佩瑟泰洛斯的倡议，鸟儿队长也没有提出任何质疑，没有与佩瑟泰洛斯发生一点儿争执。佩瑟泰洛斯说，让鸟儿重新当王，实际上是佩瑟泰洛斯当王，因为他有思想。甚至可以说，让世人认鸟儿为神，其实是认佩瑟泰洛斯为神。如果佩瑟泰洛斯是哲人，那么，鸟儿城邦的实质就是哲人当新王，哲人当新神。

在进场戏中我们看到,鸟儿以军队的姿态出现,它们爱憎分明,有战斗热情,勇于杀敌。换言之,鸟儿是芸芸众生。不会思考,也不会争辩和反驳,恰是芸芸众生的特点。基本的戏剧冲突在鸟儿与奥林波斯神族之间,直到最后才解决;但鸟神族与宙斯神族的关系,最终集中在佩瑟泰洛斯与宙斯之间。

全体鸟儿大会仅仅是形式上的公民大会——阿里斯托芬起初甚至用希腊的重甲步兵(hoplites,行353,402,448)这个语词来描绘鸟儿军队,而重甲步兵是雅典政制中最低等级的奴隶阶层,连自由民都不是,遑论公民大会成员。

无论如何,全体鸟儿完全接受了佩瑟泰洛斯的倡议,忒瑞斯-戴胜对这样的启蒙结果兴奋不已,对佩瑟泰洛斯和欧厄尔庇得斯说,"我们不能再耽误"(行639),得马上行动起来。这里用到"我们",可见忒瑞斯与两位雅典来人在天性上的一致。他还说,别像尼基阿斯那样嘀嘀咕咕。

在伯罗奔半岛战争时期，尼基阿斯对于雅典出兵斯巴达犹豫不决，与阿尔喀比亚德形成鲜明对比。雅典观众听到戴胜这话，就会想起阿尔喀比亚德。不用说，行动需要勇气，看来鸟儿不乏勇气；佩瑟泰洛斯也有勇气，因此他更像阿尔喀比亚德，而非尼基阿斯。

戴胜欣喜地邀请两位雅典来人去他的鸟窝用餐，这时才问起他们的大名。佩瑟泰洛斯说了自己的名字后，还替欧厄尔庇得斯回答叫什么名字，他没说自己来自哪个村社，但提到欧厄尔庇得斯是克瑞奥村社人（Krioa deme），这个村社属于安提俄克斯区（Antiochis phyle），苏格拉底也来自这个区（phyle），尽管不是同一村社。由此可以理解，注疏家会认为，阿里斯托芬笔下的佩瑟泰洛斯是阿尔喀比亚德。

走向戴胜的鸟巢门口时，佩瑟泰洛斯突然问戴胜，他和欧厄尔庇得斯还不会飞，怎么能参与会飞的鸟儿的生活呢？忒瑞斯满不在乎地回答说，完全不用担心，他有一种草药，佩瑟泰洛斯和欧厄尔庇得斯吃了就能长出翅膀（行655）。我们可以想到，当初忒瑞斯兴许就是靠这种草药长出翅膀来。

无论如何，现在佩瑟泰洛斯和欧厄尔庇得斯获得翅膀，最终靠的不是鸟儿，而是鸟-人忒瑞斯。忒瑞斯怎么能搞到这种神奇的草药，他没有交代。显然，对鸟儿来说，这草药绝非好东西。跟在一旁的鸟儿队长幸好没听见这个秘密，因为它正在打戴胜老婆的主意，想要戴胜请雅典来人吃饭时，放自己的老婆夜莺出来跟歌队一起玩（行660）。两个雅典来人也替鸟儿请求，戴胜听了他们的请求，就同意了，可见雅典来人也支配了戴胜的脑筋。

戴胜的老婆夜莺一露面，两个雅典来人马上被她的漂亮气色熏得神魂颠倒。不过，与欧厄尔庇得斯不同，佩瑟泰洛斯虽然也惊叹夜莺竟然如此漂亮，却没有随之燃起欲望。这倒不难理解，因为他是同性恋。然而，这也再次表明，他与欧厄尔庇得斯在天性上的确非常不同，何况，我们已经知道,在阿里斯托芬看来,男同性恋具有政治含义。

第二戏段以佩瑟泰洛斯对鸟儿的启蒙演说开场,主题是煽动鸟儿起来造宙斯的反。可以说,这也是整部《鸟》剧的主题。就此而言,《鸟》剧与普罗米修斯神话不能说没有关系。

第一插曲 爱欲与鸟神之歌

忒瑞斯请两位雅典来人在鸟巢一起吃饭时,歌队在夜莺的伴唱下唱起了合唱,其中主要是鸟儿队长的领唱。谐剧的插曲,相当于肃剧中的肃立歌,在两个戏段之间。全剧共五个戏段,中间夹着三段歌队合唱的插曲。

第一段插曲是鸟儿在接受了佩瑟泰洛斯的启蒙教育后,梦想着自己的光荣出身,对世人宣告自己是神。与肃剧中的肃立合唱歌一样,从诗剧的形式结构上讲,插曲的内容具有相对的独立性,或者说在某种程度上超逾了情节的发展,带有对剧情作出评议的性质。因此,我们在阅读插曲时,就像在阅读肃剧中的肃立合唱歌时一样,需要考虑到一种可能性:这是诗人自己在发言。

插曲的第一段是鸟儿队长呼唤夜莺出场的咏唱,随后是对世人的第一次呼吁:呼吁世人倾听鸟儿队长即将叙说的新神谱。从形式上看,这段呼吁是鸟儿队长即将唱颂的新神谱的序歌,与赫西俄德《神谱》的"序歌"颇为相似,不同的是,这里将要唱颂的不是宙斯神族,而是鸟儿神族。鸟儿队长这样对世人发出呼吁:

[685] 喂,你们这些靠自然生存的人,虚飘飘的,简直与草木没差别,

孤苦伶仃,根本就是稀泥和成的,虚弱得无异于一族浮光掠影,

你们没翅膀,生如朝露,这类悲惨的人哦,简直就是梦影,

把你们的理智奉献给不死的鸟儿吧,咱们才永生不老哩,

咱们才在太空中,不会老朽,思忖着不朽的东西,

[690] 从咱们这儿正确地聆听所有关于悬在半空中的东西罢,

什么鸟儿的本质啦,以及神们啦、大江

大河啦、幽冥混沌啦等等的诞生；

　　一旦你们正确地搞懂了这些，那就从我这儿去对普罗狄科说，他自个儿哭兮兮地去吧。

鸟儿队长一上来就称呼世人是"靠自然生存的"（φύσιν；原译"芸芸众生"）——佩瑟泰洛斯告诉鸟儿队长，鸟儿是原初的存在，也就是原初的"自然"，现在鸟儿队长说人是"靠自然生存的"，似乎人是靠鸟儿生存的，而非靠诸神的统治生存。可是，既然如此，鸟儿队长为何把"靠自然为生的人"的生存品质说得非常悲惨，生命有如幻影，甚至说人是"稀泥和成的"（行686）呢？据注释家说，这样的说法在古希腊作品中还是头一回见到。

鸟儿队长的说法很清楚，世人的生存品质如此悲惨，是因为世人还没有翅膀。这样说来，"靠自然为生"的世人所凭靠的"自然"并非鸟儿所有的自然，而是别的自然。"自然"这个语词的另一个含义是"天性",有翅膀会飞是鸟儿的天性,世人还没有这样的天性。但鸟儿队长提到世人有理智,有"理智"不是一种高等存在的标志吗?

理智是否就是世人凭靠生存的自然呢?如果是的话,那么,这样的"自然"想必是哲人给予的。但鸟儿队长说,"有理智"的世人活得很悲惨,因为世人虽然有理智,但理智还没有飞起来,或者说还没有获得鸟性。因此,鸟儿队长呼吁世人把自己的理智"奉献给不死的鸟儿"(行688),也就是要使得理智具有鸟性。

鸟性是什么呢?鸟性就是神性。鸟儿队长说,鸟儿才是永在不老的神,而且在天空中,还思忖着不朽的东西(行688-690)。可见鸟儿也有理智,而且很高。鸟儿队长用来描绘鸟儿的这些说法,大多是传统的城邦宗教用于宙斯神族的说法。"永生不老"就是典型的荷马语汇,专门用来描绘诸神,在阿里斯托芬的观众耳朵里听来绝不陌生;"在太空中"(行689)不是荷马语汇,但自荷马以来,希腊人都相信宙斯生活"在太空"(《伊》

2.142；4.186；《奥》15.523），现在，高飞到空中的鸟儿取代了宙斯神族。

"思忖着不朽的东西"（行689）（所谓研究神仙之道）这种说法，原来也是用于宙斯的，因为思考不朽不是世人的事情，而是神们的事情。鸟儿队长这样说，无异于鸟儿认为自己才是真正的神。

什么样的神呢？鸟儿队长马上就会告诉我们。

在讲述鸟儿的神性起源之前，鸟儿队长最后向世人呼吁要"正确地倾听"何谓鸟儿的"本质"（或"天性"）。"正确地倾听"是智术师们的口头禅，研究"关于悬在半空中的事情"以及"本质"之类，表明的是哲学的爱好，"关于"（περί）这个语词是当时兴起的哲学论文题目的标准格式……这表明，鸟儿现在觉得自己已经是哲人。

鸟儿队长呼吁世人要向鸟儿学习，除了搞懂鸟儿的本质，还要搞懂诸神、大江大河、幽冥混沌等等的起源，从此以后，世人就不再需要普罗狄科这样的蹩脚哲学教师了。普罗狄科是苏格拉底的老师之一，在阿里斯托芬的《云》剧中，云神就提到过普罗狄科，还说苏格拉底最喜欢他（《云》行361）。

值得设想，阿里斯托芬在这里提到普罗狄科，很有可能是在暗指苏格拉底。这意味着，鸟儿队长将要宣告的鸟神说是在暗讽苏格拉底的哲学。如果与前面鸟儿队长说世人的理智还没有长翅膀联系起来，就可以设想，鸟儿队长将要阐述的鸟性将取代哲人为世人规定的自然即理智。倘若如此，鸟儿队长接下来宣告的鸟神说，很有可能是在代阿里斯托芬发言。

经过启蒙教育的鸟儿现在也要对世人启蒙：鸟儿队长充分展开了自己刚从佩瑟泰洛斯那儿听来的教诲。这部剧作读到现在，我们已经看到这样的启蒙历程：

> 佩瑟泰洛斯说服忒瑞斯 → 忒瑞斯说服鸟儿倾听佩瑟泰洛斯 → 佩瑟泰洛斯说服鸟儿 → 鸟儿说服所有人。

佩瑟泰洛斯说服忒瑞斯是私下谈话,忒瑞斯说服鸟儿是半公开的谈话,佩瑟泰洛斯说服鸟儿则是公开演说,他启发鸟儿认识到,自己的身世比天地和诸神都要古老,是最古老的存在者。可见,佩瑟泰洛斯对鸟儿说的话比他对忒瑞斯说的要走得远得多;现在鸟儿对世人说的话,又比佩瑟泰洛斯对它们说的要走得远得多。换言之,鸟儿队长接下来宣告的鸟神说,与佩瑟泰洛斯在前面教诲的鸟神说会有所不同。

接下来,鸟儿队长述说鸟儿的神性起源,唱起了鸟儿自己的神谱版本:

> 一开头只有混沌、黑夜、漆黑的幽冥和茫茫的塔耳塔罗斯;
> 既没有大地,也没有空气和天空;从幽冥无边的怀里
> [695] 黑翅膀的黑夜最先生出一只风鼓鼓的卵,
> 几轮季候之后,渴望不已的爱若斯生了

出来,

　　他闪亮着背,带一双金色翅膀,看起来旋风呼啦呼啦的;

　　正是爱若斯夜里与风飘飘的混沌交合,而且在茫茫的塔耳塔罗斯下面,

　　才孵出咱们这一族,并最先把咱们带进光明。

　　在鸟儿诞生之前,太初的四种存在物事物只有混沌、黑夜、幽冥和塔尔塔罗斯,这些并非气、火、水一类的元素,甚至大地、空气和天也还没有,更不用说诸神与河流了。换言之,自然哲人认定的宇宙本源,在鸟儿看来,并非真正的本源。如果我们熟悉赫西俄德《神谱》的序歌过后对太初的描绘(行116-123),我们就可以看到,阿里斯托芬笔下的鸟儿队长在戏仿赫西俄德的神谱。

　　赫西俄德说"一开头生出的是混沌",鸟儿队长则说"一开头已有混沌";赫西俄德说,创生过程开始之前,大地已经诞生,鸟儿队长则说,

"既没有大地,也没有空气和天空"。

但是,赫西俄德的神谱讲述的并非宇宙的本源,而是诸神的诞生,鸟儿队长讲述的神谱却是宇宙的本源。这一本源就是爱欲,这意味着,爱欲将要取代哲人为世人规定的理智这一自然。赫西俄德的神谱在说到最初的神时,的确提到爱若斯是原初存在,但在诸神的诞生过程中,爱若斯实际上并没有起什么作用。在鸟儿队长的神谱中,爱若斯成了主角,成了原创性的动力:在大地、空气和天空诞生之前,带有金色翅膀的爱若斯就已经从带有翅膀的幽冥的子宫中孵出来(行696)。

雅典的观众都知道,带有金色翅膀的爱若斯的样子就是爱神。爱若斯与长翅膀的混沌交合,就生下了鸟族。于是,鸟族是最先出现的生物,其父母是爱欲和混沌。

[700] 起初,也就是爱若斯促成大交合以前,根本就没有这族不死的神们,

> 这个与那个交配以后，天空以及海洋才生了出来，
>
> 还有天地，以及整个幸福的诸神这不朽的一族。所以，咱们噢
>
> 比所有幸福的神们年岁都要大得多哩。

爱若斯与长翅膀的混沌交配生下鸟儿这族以后，爱若斯开始促成一系列原初的"大交合"。与赫西俄德的神谱对勘，鸟儿队长所讲述的鸟儿族的诞生，恰恰与赫西俄德的神谱所讲述的奥林波斯神族的诞生时序相同，似乎鸟儿族取代的恰好是奥林波斯神族在神谱中的位置。鸟儿队长说，"起初，也就是爱若斯促成大交合以前，根本就没有这族不死的神们"（行700）。所谓不死的这一族指的就是宙斯神族，与上一行的"咱们鸟族"对比。这无异于说，鸟族比神族更年长，该算得上最老的神族。

但是，鸟儿队长强调的并非是，爱欲促成的大交合使得奥林波斯诸神诞生，而是这大交合使得整

个天地得以诞生：天空、海洋、大地都是爱若斯的后代。鸟儿没有说到空气的诞生，没有空气鸟儿怎么存活呢，这看起来令人匪夷所思——佩瑟泰洛斯建议的鸟儿城邦的城址恰恰在空气之中。

鸟儿队长没有提到空气，很可能不是诗人的疏忽，或者鸟儿队长的疏忽。爱若斯虽然先于鸟儿存在，但鸟儿队长没有说爱若斯是神，实际上也不可能把爱若斯说成神，不然的话，鸟儿族就不是最老的神。既然鸟儿族是爱若斯与长翅膀的混沌交配生下来的，那么，我们也许可以推想，爱若斯就是鸟儿赖以存活的空气或以太（对观行574-575）。换言之，爱欲就是鸟儿的本质、天性或自然。所以鸟儿队长接下来说：

我们是爱若斯所生，这很明显，因为，我们既有翅膀，又帮助天底下所有的爱欲者。（行703-704）

鸟儿有翅膀的族类本质被等同于爱欲，爱若

斯不仅是第一存在者,是宇宙万物和诸神的原祖,鸟儿作为爱若斯的初生子,自己也带有爱若斯的品质,或者说,鸟儿作为最古老的神就是爱神。应该注意到,鸟儿队长说鸟儿的天性首先是帮助天底下所有的爱欲者时,首先提到"热恋中的男人征服了任性的漂亮男孩"靠的是鸟儿神,这意味着,作为爱神的鸟儿神首先热心帮助男同性恋。于是,在鸟儿队长的神说中,佩瑟泰洛斯的同性恋天性得到了正当性论证。

"鸟儿"的神谱叙事以宣告鸟儿神就是爱神结束,以此为基点,鸟儿队长转而陈述鸟儿族给世人带来的"重大好处"(行708)。鸟儿族给世人带来的好处,其实就是佩瑟泰洛斯当初教鸟儿队长的两个东西。

首先是有利于世人的劳作。通过提示季节的更替,鸟儿让世人在不同季节有不同的劳作。由于鸟儿神是爱神,它们甚至也为匪盗提供"出去打劫不会着凉"的提示,可见,鸟儿神也有心软的品质。鸟儿族给世人带来的第二大好处是,以自己的占卜本领代替诸神为人指点迷津,世人"不管干什么都得先找鸟问上一卦"(行716),没必要再求助奥林波斯山上的阿波罗和缪斯们。

鸟儿神给世人带来的好处总起来看有三:襄助情爱(尤其同性恋情爱)、襄助劳作、指点迷津。但鸟儿神襄助情爱的本性是根本性的,襄助劳作和指点迷津的本性是派生性的,是从襄助情爱的爱欲本性中衍生出来的本性。

把佩瑟泰洛斯先前对鸟儿启蒙时的鸟神说与这会儿鸟儿队长经过启蒙教育后对世人启蒙的鸟神说作一对比,我们可以看到两个重要的差异。首先,在佩瑟泰洛斯的鸟神说中,没有说到爱欲。在鸟儿队长的鸟神说中,爱欲占据着中心地位:爱欲不仅是基本原动力,促成了创生性的大交合,爱欲作为神本身也是在这一创生过程中最终成形的——鸟儿神就是爱神。

第二,佩瑟泰洛斯的鸟神说中说到鸟儿对世人施行统治的事情,也就是鸟儿当王的事情,在鸟儿队长的鸟神说中,我们却没有看到鸟儿队长说到鸟儿当王对世人施行统治的事情。佩瑟泰洛斯和鸟儿队长的鸟神说都没有否认诸神存在，只是断言将会剥夺诸神的王位或权力，既然鸟儿队长没有说到鸟儿神施行统治当王的事情，我们就得问：谁来代替诸神统治世人？

如果按柏拉图在《会饮》中的记叙，自由民主时代的新神是爱神，那么，鸟儿当王就是民主政治的实现。但鸟儿队长在说到鸟儿的爱神本性时，强调的是男同性恋的情爱，而这种情爱则很可能与某种类型的僭主政治相关，至少在这里与佩瑟泰洛斯相关。看来，鸟儿队长的鸟神说虽然没有说到未来的王者，但鸟儿的爱神本性中已经潜伏着王者的原动力。

随着鸟儿队长的咏唱转为"快调"，鸟儿队长呼吁世人把鸟儿当作神，它许诺的不仅是预言季节，还有贴近凡人，不像宙斯那样"高高在上"——这让我们会想起普罗米修斯怜爱世人的天性。不过，鸟儿队长没有直接呼吁推翻宙斯的统治，仅仅表示鸟儿将永远待在人间，给世人带去财富、健康、幸福，以及幸运、快乐、和平和舞蹈、歌咏、欢笑（行 731-732）。

鸟儿队长的说法表明，鸟儿神看重的都是世人生命中靓丽的一面，这倒不难理解，因为，鸟儿神的本性是自然性的爱欲。总之，鸟儿神给世人带来的似乎是平庸的心满意足，而非推翻宙斯神族的暴动，或者说，鸟儿队长的许诺更接近欧厄尔庇得斯的愿景，而非佩瑟泰洛斯的宏愿。

随后，全体鸟儿唱起了歌队首节赞美歌，赞颂林中的缪斯。林子是鸟儿在地上的栖息处，鸟儿赞美自己的家园不足为奇，奇怪的是鸟儿也赞颂奥林波斯神族的缪斯。这表明，鸟儿并没有非要废除奥林波斯神族的意愿。缪斯是歌咏之神，鸟儿善于歌唱，而非善于思想，赞颂缪斯等于赞颂鸟儿自己的歌咏天赋。鸟儿宣称，自己的合唱歌舞献给山的母亲和潘神——对这两位神的敬拜是古老的习俗。[1]

---

1 参见品达《皮托凯歌》之三，行 77-79。

由此看来，鸟儿相当守旧，或者用今天的话来说相当保守。鸟儿把自己的赞美歌比作肃剧的先驱诗人佛律尼科斯（Phrynichos），比作"蜜蜂采蜜，采集仙乐天籁，用作自己甜蜜的歌词"（行749-751）。阿里斯托芬在《蛙》中对肃剧诗的老前辈表达过敬意，这里提到佛律尼科斯，让人觉得鸟儿的合唱歌声暗喻肃剧诗人的诗作，似乎歌队是肃剧诗人的代言者。

总之，鸟儿的合唱听起来让我们觉得，尽管经过启蒙，它们仍然相当虔敬。我们很难设想，鸟儿也很奸猾，用赞美歌来掩饰即将到来的对诸神的造反。

歌队唱过赞美歌后，鸟儿队长继续对世人发出呼吁：凡愿意跟鸟儿一起过快乐生活的人赶紧来，一起参与建设新的政治制度。可以说，鸟儿队长在这里给出的参与新生活制度的唯一条件就是：有过自由的无拘无束的快乐生活的意愿。鸟儿队长没有说，首先必须承认鸟儿是神，才能加入鸟儿国籍，这意味着，在鸟儿城邦，鸟儿对世人是否真的把鸟儿当神，其实没什么所谓。

鸟儿队长强调的是鸟儿城邦在制度上的优越性。首先，彻底摆脱传统礼法的束缚，在雅典城邦算犯法的事情，在鸟儿城邦就是正当的事情，比如，在雅典城邦，一个人打自己的父亲不对，在这里就没什么不对可言。第二，鸟儿城邦的主导价值是平等原则，自由人与奴隶没有区别，雅典城邦的逃亡奴隶在鸟儿城邦可以做高等级的"梅花雀"。第三，鸟儿城邦还是一个大同世界，取消了公民与外邦人的区别；即便是外国奴隶，"到我们那儿生下小鸟，就可以取得国籍"，天下一家。在鸟儿城邦，有谁想要叛变投敌，也有叛变的自由。

可以看到，在雅典城邦被看作堕落、低级的行为，在鸟儿城邦就成了高贵或美好的行为：鸟儿许诺的生活伦理僭越了礼法、僭越了城邦或政治的领域。那么鸟儿的生活伦理基于什么呢？基于自然的爱欲——如果说雅典城邦的生活符合礼法，那么，在鸟儿城邦的生活符合自然。

歌队再次唱起合唱赞美歌,这次赞美阿波罗的天鹅。我们看到,鸟儿的歌声已经传到奥林波斯山,在"高山发出回响,众神惊讶"不已,这再次体现了鸟儿歌队的虔诚。忒瑞斯早前叫妻子夜莺唱起神圣的赞歌时,曾引起阿波罗和诸神歌队的反响(行 209-222);现在诸神中的神女们"也都唱起歌来"(行 782)。我们在后面可以看到,为什么仅仅是神女。

鸟儿队长最后的咏唱讴歌长翅膀的好处:"更好、更舒服。"(行 785)鸟儿队长提到的好处有两个要点:首先是食色方面的舒服,好吃好拉和方便偷情;再就是政治上方便飞黄腾达。这两个方面的好处囊括了欧厄尔庇得斯和佩瑟泰洛斯的欲望,但这样的好处显然是邪门歪道。

阿里斯托芬让我们看到,经过启蒙的鸟儿最终得出的是实践生活上的歪理,推荐给世人的是邪乎的生活方式。

总起来看,整段第一插曲告诉观众的要点有两个:阐明鸟儿的神性本质或者说鸟性,阐明未来鸟儿城邦生活的性质——鸟儿神的诞生说重点在于揭示鸟儿神的性质是爱欲神,阐述鸟儿城邦生活的性质的重点则在于反习俗、反宗法、反道德。

这两个要点之间有什么关系吗?这是我们必须思考的问题。我们不可忽略整段插曲的赞美歌形式:鸟儿队长的神谱颂和合唱歌队的两次合唱都显得很虔敬,与鸟儿队长宣扬鸟儿城邦的性质和好处的快调段落形成对比。鸟儿队长的神谱颂的重点是赞颂爱欲是创生一切的原母,合唱歌队赞美的是诗人的原母缪斯,从而,我们看到创生一切的原母爱欲与诗歌的原母缪斯的叠合。

鸟儿队长引导世人的理智飞上天空后,理智看到的是爱欲的首要性。如果鸟儿队长在阐明鸟儿的神性本质之前提到普罗狄科确实与苏格拉底相关,那么,我们可以设想,诗人阿里斯托芬很可能是在借助鸟儿队长的鸟儿神性说批评苏格拉底哲学,批评的要害在于:苏格拉底式的自然学说忽略了爱欲。在苏格拉底的自然哲学中没有爱若斯,也就没有缪斯,爱若斯与缪斯成双成对,或者说爱欲与诗携手同行(施疏,页181-182)。

因此,阿里斯托芬对苏格拉底的批评,也就是诗对哲学的批评。在阿里斯托芬看来,苏格拉底不仅缺乏爱欲,也缺乏诗性。反过来说,柏拉图在《会饮》中让我们看到,苏格拉底不仅充满爱欲,而且亲近缪斯,就不难理解了。柏拉图凸显的苏格拉底的优长,恰是阿里斯托芬笔下的苏格拉底的欠缺。但我们也不能忘记,柏拉图《会饮》中的苏格拉底说,在女先知第俄提玛向他透露爱欲的秘密之前,他少不更事,不懂得恰切地欣赏爱若斯。这也表明,阿里斯托芬对苏格拉底的批评并非无中生有(施疏,页330)。

可是在《鸟》剧中,鸟儿神的爱欲性质与鸟儿城邦的反习俗、反宗法、反道德的性质之间是什么关系?既然阿里斯托芬是个老派的保守主义者、旧式贵族制的拥护者,主张爱欲的首要性、主张爱欲是第一自然,岂不与他的基本政治观点相违背？如果与《云》联系起来看，那么，情形也未必如此：正因为爱欲是第一自然，人世生活需要宗法来规约爱欲。

自然哲人的自然探究一旦危及礼法——如《云》剧所展示的那样，自然爱欲就不再会受到约束。两位雅典人走出雅典城邦，正表明自然爱欲力图摆脱礼法的约束。在这一意义上讲，《鸟》剧是《云》剧的续篇：苏格拉底的哲学打破礼法的规定后，结果就是《鸟》剧的情形。

第三戏段　　祭献新神受阻

插曲过后，戏进入第三场：佩瑟泰洛斯和欧厄尔庇得斯在忒瑞斯的鸟巢吃完饭回来。但我们看到的不是他们吃饱了的样子，而是已经长出了翅膀的样子，想必忒瑞斯在宴请时放进了那个神奇的草药。

翅膀是鸟性的标志，鸟性的本质是爱欲，因此，翅膀标志的也是爱欲。但是，爱欲也有差异，带翅膀的爱欲是试图飞上天的爱欲，而非老老实实待在地上的爱欲，或者更为确切地说，是不再受到礼法约束的爱欲。两位雅典来人看不到自己带翅膀的样子，只能看见对方带翅膀的样子。

佩瑟泰洛斯说，欧厄尔庇得斯带翅膀的样子实在好笑，欧厄尔庇得斯则告诉佩瑟泰洛斯，他带翅膀的样子同样可笑。换言之，这两个雅典人都只看到对方的好笑，却看不到自己的好笑。如果说这两个雅典人表征着两种不同的想要飞上天的爱欲类型,那么,这两种爱欲类型都看不到自己飞上天后的可笑样子,只能看到对方可笑的样子。

阿里斯托芬似乎在向观众提示接下来的剧情指南:我们看到,剧情从这一场开始有了新的发展。

鸟儿队长前来请示两位雅典人,下一步应该干什么,佩瑟泰洛斯回答说,第一要务是为鸟儿城邦取名,然后是祭献诸神。佩瑟泰洛斯为鸟儿城邦首先想到的名称是,借用斯巴达这个城邦名,这意味着,他企望鸟儿城邦是个军事化的有战斗精神的城邦。

这一提议马上遭到欧厄尔庇得斯反对,不难理解,对于向往舒适自在的欧厄尔庇得斯,斯巴达的清苦无异于地狱。鸟儿队长在一旁提示,应该从山里、云里、空气中动脑筋,为鸟儿城邦取名。这一建议启发了佩瑟泰洛斯,他突发奇想,建议用鸟儿的叫声给鸟儿城国命名:"云中咕咕城"（Νεφελοκοκκυγία；行 801-836）。

这个名称由鸟儿在云中的叫声与"城邦"一词合拼而成，由于带"云"这个词，我们可以断定，阿里斯托芬在挖苦自己的老朋友，似乎佩瑟泰洛斯这种人是苏格拉底教出来的，以至于自 19 世纪以来就有注疏家推断，佩瑟泰洛斯的原型是阿尔喀比亚德。

佩瑟泰洛斯得到鸟儿队长和欧厄尔庇得斯的赞同，鸟儿城邦的命名就这样定了。接下来是为鸟儿城邦选择守护神。与先前建议斯巴达相反，这次佩瑟泰洛斯建议，选与雅典相关的雅典娜为守护神。看来，佩瑟泰洛斯脑子里具有代表性的政制，不出希腊范围。

这个建议再次遭到欧厄尔庇得斯反对，看来，进入鸟儿城邦建设阶段后，两位雅典人的分歧越来越大。鸟儿队长建议，以波斯鸟为镇国之鸟，两位雅典人由于相持不下，就干脆同意了鸟儿队长。这意味着，鸟儿城邦最终以三个一流政治体中的波斯政体为标志，从而在名义上是一个非希腊的政制。

接下来该进入实际的城邦建设阶段了。佩瑟泰洛斯吩咐欧厄尔庇得斯飞上天去,帮鸟儿砌城墙,而且具体指派了两类活儿:一类是下力活,诸如运石子、拎泥浆什么的,还要站岗、打更;另一类是文宣活,派两个信使分别上到天庭和下到人间宣布鸟儿城邦的成立,然后回来向佩瑟泰洛斯汇报。至于佩瑟泰洛斯自己,则负责向新神献祭。

佩瑟泰洛斯给欧厄尔庇得斯派活,违背了他的意愿,因为他是要来享福的,没想到佩瑟泰洛斯让他去艰苦创业。欧厄尔庇得斯显然很有些不乐意地离去后,再也没有回来——他乘机溜掉啦。

戏现在才演到一半,欧厄尔庇得斯就离场,从戏剧结构上讲,明显具有戏剧性意义。可以设想,从佩瑟泰洛斯对忒瑞斯和鸟儿的启蒙中,欧厄尔庇得斯很可能已经醒悟到什么。

我们记得,佩瑟泰洛斯劝说忒瑞斯时,欧厄尔庇得斯在一旁没说话。佩瑟泰洛斯启发鸟儿时,欧厄尔庇得斯没有反对，仅仅是因为他明白，只有说服了鸟儿，自己才能摆脱被鸟儿吃掉的危险。如今，佩瑟泰洛斯给他分派艰苦活儿，让他醒悟到，鸟儿城邦的构想与鸟儿对自己的生活方式的理解有差异，或者说与鸟儿自己对鸟性的理解有差异。

鸟儿把自己的生活理解为受自然爱欲支配的生活，而佩瑟泰洛斯则要鸟儿改变自己的鸟性，在空中替他建立一个鸟儿城邦，以此肩负一个宏伟使命。欧厄尔庇得斯溜掉再也不回来，意味着他与佩瑟泰洛斯分道扬镳，不愿再跟随自己的雅典同志，借此机会去过鸟儿所理解的自然爱欲支配一切的鸟儿式生活。

这兴许也就是忒瑞斯所向往的生活，因为，在鸟儿唱合唱之前，忒瑞斯就一去不复返。可以推想，当他听完佩瑟泰洛斯对鸟儿的启蒙教育，他就感觉味道不对，与自己所理解的本真的鸟儿生活不符。欧厄尔庇得斯在整个下半场缺席，表明了追寻鸟儿式生活或自由生活的两面性：基于自然爱欲的自由与基于政治爱欲的自由。

现在,剧情单向地朝着追求基于政治爱欲的自由继续发展。

欧厄尔庇得斯走后,佩瑟泰洛斯就开始献祭新神(行848)。鸟儿队长马上兴奋起来,表示愿意一起献祭(行853-54)。佩瑟泰洛斯感到不对劲,因为这样一来,等于鸟儿给自己献祭。鸟儿现在已经是神,鸟儿给自己献祭等于神给神献祭,显然荒唐。佩瑟泰洛斯对鸟儿队长的高兴劲儿非常懊恼,正在这时,上来一个人间祭司,佩瑟泰洛斯急中生智,马上让这祭司来主持献祭,才扭转了鸟儿向鸟儿献祭的荒唐局面。

祭司开始祷告,呼叫"保护鸟的灶神,保护灶的鹞鹰,所有奥林波斯的男鸟神、女鸟神",祈求他们保佑鸟儿城邦中的鸟儿(行878)。人间祭司念了一大堆鸟儿的名字,这些鸟儿实际上都有归属:不是奥林波斯山上的鸟儿,就是苏尼昂的神的海鸥、皮托和得洛斯的天鹅。人间祭司的呼叫无异于区分了两类鸟儿,使得鸟儿城邦中的鸟儿仍然不是新神。

佩瑟泰洛斯感觉到不对,要祭司呼叫别的鸟儿名,但祭司仍然没有直接呼叫出鸟儿城邦中的鸟儿这个新神的名称。这意味着,人间祭司根本就没想到或根本就想不到世上还有鸟儿城邦之鸟这类鸟儿,毕竟,鸟儿城邦之鸟不过是佩瑟泰洛斯的虚构。

佩瑟泰洛斯见祭司实在叫不出鸟儿城邦之鸟这类鸟儿,就说:"不用你了,我自己来献祭吧。"(行894)他呼告说:"向有翅膀的神祷告吧。"(行901)佩瑟泰洛斯现在已经有翅膀,也算是新鸟,如此呼叫等于在向包括他自己在内的所有鸟儿祷告。

换言之,既然现在是佩瑟泰洛斯在献祭,如此呼叫等于是佩瑟泰洛斯在向自己献祭。这当然让人发笑,但如此谐剧笔法不也表达了非常严肃的东西吗?哲人飞上天后把自己当神,然后自己向自己献祭。事实上,这一呼叫让我们想起鸟儿队长的神谱中唱颂的爱若斯。当时,鸟儿队长特别提到爱若斯的同性恋取向,于是,男同性恋爱欲或政治的爱欲脱颖而出。

佩瑟泰洛斯刚刚呼叫"有翅膀的神",一个显得可怜兮兮、留着长发的诗人应声而来,他一上场就吁请缪斯赞美鸟儿城邦。这是传统诗人咏唱的起兴句,然后自称专唱"甜蜜歌词",是"缪斯的热心仆人"(行910)。诗人的出现让佩瑟泰洛斯感到奇怪:怎么消息传得那么快。诗人告诉他,早在多年前自己就曾写诗讴歌鸟儿城邦,现在得知佩瑟泰洛斯真的建了鸟儿城邦,马上赶来讴歌。

看来,这个诗人的本性就是讴歌鸟儿城邦,他称佩瑟泰洛斯为"立邦之父"(行928)。佩瑟泰洛斯觉得这诗人是个疯子,叫祭司把自己的外套脱了给诗人,让他披着祭司外套赶紧走路。诗人赖着不肯走,非要咏唱不可。佩瑟泰洛斯只得赶他走,诗人拿了外套离开时,发誓要礼赞新生的鸟儿城邦。

诗人的到来打断了佩瑟泰洛斯的献祭进程,诗人走后他刚要接着献祭,又来了个预言家(a

soothsayer），自称是波俄提亚的预言大师巴克斯（Bakis）的门人，还说自己的老师巴克斯的书中已经说起过鸟儿城邦。佩瑟泰洛斯问预言家，为什么不在鸟儿城邦实际建立起来之前来预言（行964），预言家回答说，"天意不许"（行965）。

由此看来，诗人和预言家实际上都先于佩瑟泰洛斯知道鸟儿城邦，这表明，佩瑟泰洛斯本以为鸟儿城邦是自己的发明，其实诗人和先知们早就知道了，只不过从来没有实现过。佩瑟泰洛斯同意听预言家的指导，预言家于是告诉他，应该向潘多拉献祭（行971），尤其是得向预言家献祭，穿的、喝的、吃的都得有，否则没可能变成"空中的鹰"（行978）。

我们记得，鹰是宙斯王权的来源。佩瑟泰洛斯听了一怔，但马上镇定下来，说自己也懂预言，自己的师父是阿波罗，说按阿波罗的神谕，自己有权打冒充的预言家。预言家还想嘴硬，佩瑟泰洛斯真的动手要打，才把预言家吓跑。

佩瑟泰洛斯自己搞献祭第二次被打断，但这

次与上次被打断不同，佩瑟泰洛斯还没缓口气，第三个打扰他的家伙就来了。这次来的是个历法家，手里拿着尺子、圆规之类，自称专丈量大气面积（行995）。佩瑟泰洛斯问他是谁，与诗人和预言家不同，来人没有报自己的专长，而是说自己名叫默通（Meton），在希腊和科洛诺斯远近闻名。这个名字从希腊原文来看就是编的，因为原文的意思就是"尺度、衡量"。

看来，这个家伙懂几何和天象，他对佩瑟泰洛斯说，"大气的形有如一口大烘炉"（行1000），也就是说，大气的形是圆的，他得用尺子先给大气画出直线，然后把圆变成方，才能确定位于城邦中心的市场及其延伸出去的各条道路。

默通显得是为鸟儿城邦订规划而来，按照他的设计，城邦的市场应该"犹如星体，本身虽是圆的，直的光线却从此照耀到各处"（行1004-1008）。这下子可把佩瑟泰洛斯给镇住了，他惊呼自己简直是遇上了泰勒斯。泰勒斯是远近闻名的自然哲人的祖先，佩瑟泰洛斯的惊呼让我们得知了默通的真实身份：他是个自然哲人。我们由此也知道，所谓自然哲学包含几何术、天象术等，相当于如今的理科。看来，与诗人和预言家不同，自然哲人天生就是做城邦设计的。

在《云》剧中，苏格拉底也有默通手里的这类丈量工具：老农斯特瑞普西阿得斯听苏格拉底的学生说，苏格拉底靠这类工具为自己的弟子们搞到丰盛的晚餐（《云》行175-180，95-96）。自然哲人既不像诗人那样穷酸，也不像预言家那样装模作样，尤其重要的是，他根本不提祭神的事情，而是用城邦规划代替了祭神。

佩瑟泰洛斯岂不是遇到了一个本家？的确如此。佩瑟泰洛斯自己就是这类人，所以他二话不说，要默通赶紧走人，但态度与对诗人和预言家有所不同。他对默通说，"你知道我爱你，听我的话，偷偷溜吧"（行1011），"这里的人也排外哦"（行1013）。言下之意，这里的城邦民容不得他。

看来，由于佩瑟泰洛斯与默通属于同类，他要赶走默通，就得假借人民的名义。佩瑟泰洛斯不需要默通，似乎意味着，他建立城邦时不再需要老套的琐屑技艺——其实是王者的明智德性。[1]

与赶走诗人不同，佩瑟泰洛斯说，默通是骗子（行984，行1015），这话也对预言家说过。他还说自己同样懂预言，当然也懂默通的行当，因此，佩瑟泰洛斯表明自己集预言家和自然哲人于一身。

默通逃下后，紧接着来了个城邦视察员（a supervisor），也就是城邦官员，他自称"当选为云中鹈鸪国的视察员"（行1023）。"当选"是雅典民主政制的用词，这表明他是雅典城邦派来的。当时，雅典城邦会选出某个公民去视察雅典的属国，所以，他一上场就问："外侨代表在哪儿啦？"佩瑟泰洛斯先问是谁派他来的，最后问"你

---

[1] 施特劳斯的疏解在这里下注提到参看亚里士多德《政治学》1277a18-20，亚里士多德在这里提到，"政治家必须是明智的"，并引用欧里庇得斯的诗句，"我不要各种琐屑的技艺，一心盼求治国的要道"。

愿意不愿意光拿钱不干事就回"（行1024-1025）。城邦视察员表示愿意，佩瑟泰洛斯马上采取暴力，让视察员"带着投票箱子滚蛋"（行1032）。

最后一个打搅佩瑟泰洛斯搞献祭的是个出售法令的家伙，他竟然跑到崭新的城邦来兜售雅典颁布的"新法律条款"（行1037）。佩瑟泰洛斯对他没二话可说，径直用暴力驱赶。这时，城邦视察员嚷嚷着跑回来，声称已经把佩瑟泰洛斯告到法庭，罪名是伤害人身（行1047），出售法令的家伙也跟着起哄。

这两位显然是雅典民主政制的代表：城邦视察员代表政治制度，出售法令的人则是这种制度下的官吏。换言之，他们两人代表佩瑟泰洛斯要逃离的政治制度，所以，佩瑟泰洛斯对他们一点儿不客气。可这两个家伙偏偏赖着不走，让佩瑟泰洛斯感到，旧制度不会自动退出历史舞台，非用暴力不可。佩瑟泰洛斯没想到城邦视察员竟然也扬言要"处死"他，于是再外加了罚款一万元（行1052）。

第三戏段就这样结束了，我们看到：佩瑟泰

洛斯要为新城邦命名和向神献祭,但他仅完成了前一桩,献祭老被打断,最终没有完成——这意味着什么呢?

我们首先应该思考,为新城邦命名和向神献祭被放在同一场戏,两件事情之间是什么关系?为新城邦命名后,欧厄尔庇得斯就一去不回,这表明他已经意识到,自己的生活理想与佩瑟泰洛斯的生活理想不一致。佩瑟泰洛斯的抱负是建立最佳城邦,这一理想的实现必然要与传统的既存政制决裂。佩瑟泰洛斯为自己建立起来的最佳城邦向新神献祭一再受阻,表征新旧政制的关系。

佩瑟泰洛斯为鸟儿城邦命名后,一方面指派欧厄尔庇得斯去砌城墙,一方面自己亲自主持献祭,可见,这个最佳城邦的创建者依然没法彻底抛弃习俗。但传统祭司没法完成新城邦所需要的献祭,佩瑟泰洛斯只得取代祭司,自己充当新城邦的祭司角色。换言之,即便佩瑟泰洛斯想要稳妥起见保留最为基本的习俗,也没有可能做到。由此来看,对于我们理解二十世纪出现的--些新政制，这一情节非常有启发意义。

佩瑟泰洛斯为自己的最佳城邦向新神献祭一再受阻，又意味着什么呢？

打断佩瑟泰洛斯献祭的人先后共五位：诗人、预言家、哲人、城邦视察员、出售法令者。自然哲人居中，唯有他被佩瑟泰洛斯看作自家人，而且恰恰从他开始，干预献祭的事由变了。虽然就其职分而言，诗人和预言家与传统的神权政制关系最为贴近，但他们愿意为佩瑟泰洛斯的新城邦出力，无论唱赞歌还是给予实际的政治指导。

最重要的是，诗人和预言家似乎早就有关于最佳城邦的想法。尽管如此，佩瑟泰洛斯不需要他们，因为，他们关于最佳城邦的构想与佩瑟泰洛斯的构想不符。默通是第三位干预者，他也自觉自愿要为新城邦出力，要按自然法则规划新的城邦，唯有他被佩瑟泰洛斯看作自家人。这意味着，佩瑟泰洛斯也是依据自然法则来创构最佳城邦。

由此可以设想，诗人和预言家虽然早就有最佳城邦的构想，却并非以自然法则为基础。可是，佩瑟泰洛斯为什么也不需要默通？也许可以说，不需要默通与不需要诗人和预言家在性质上有差别：佩瑟泰洛斯从自然法则出发，但比默通的理想更为高远。默通志在新的城邦规划和建设，佩瑟泰洛斯志在铸造更为根本的城邦制度的精神品质。可以设想，按默通的设计，像城邦视察员或出售法令者这类旧制度人员，还是可以留用的，但在佩瑟泰洛斯看来，必须彻底砸烂旧制度，才能真正建立新制度。

佩瑟泰洛斯赶走五位来者时，对后面四位都扬言要采用暴力，甚至采用了暴力，唯有对诗人客气。当时，佩瑟泰洛斯仅仅要祭司把外套脱下来给诗人，然后让他走人，似乎这两类人的角色可以互换：诗人穿上祭司外套就成了祭司。看来，佩瑟泰洛斯取代的实际上是传统祭司-诗人的角色。由此可以理解，他与默通虽是一家人，却与默通在精神品质上不同。

佩瑟泰洛斯献祭新神最终没有搞成，结果会如何呢？

第二插曲　鸟儿祭献新神

第二插曲由两段鸟儿的合唱和两段鸟儿队长的咏唱组成。鸟儿的合唱一开始就宣告：

> 所有的凡人从今以后都将给我们献祭，向我们祷告；我们统治万方……

显然，鸟儿觉得自己已经代替了宙斯神族，不仅接受献祭，而且接管了宙斯神族的治权；不仅成了神，也当了王。但这仅仅是鸟儿自己以为如此，实际上，鸟儿说的自己当王后给凡人的好处，不外乎杀死一切害虫，而宙斯神族的能耐多得多。这是否意味着，鸟儿已经意识到自身的局限？无论如何，与第一插曲相比，鸟儿的口吻不再那么得意了。

随后，鸟儿队长模仿雅典城邦对城邦敌人处

以重刑，宣称要对捕鸟者施以重刑。鸟儿在佩瑟泰洛斯启发下已经自称是神，但仍然害怕捕鸟者，可见鸟儿还是心虚。任何统治都不仅仅只有软的一面，也有硬的一面。雅典城邦宣布处死宣扬无神论的哲人狄阿戈拉斯（Diagoras of Melos）和"某个已死的僭主"（行 1074-1075），同样，鸟儿队长宣布，处死捕鸟者菲洛克拉特斯，还要求凡用鸟笼关鸟儿的人，马上释放笼子里的鸟儿。鸟儿的严厉惩罚措施明显针对追捕和囚禁自己的捕鸟者，雅典城邦的重刑则针对无神论者和僭主，如此对比意味着，无神论者和僭主对雅典城邦来说是最大的敌人。

鸟儿队长颁布法令后，鸟儿歌队又唱起合唱（antistrophe［短歌次节］），讴歌起自己来："我们是幸福的鸟儿。"（行 1088）

这次鸟儿自夸，鸟儿在一年四季中都能活得舒服自如：冬天不怕寒，不像世人得穿多点，夏天怕热，可以藏身"鲜花盛开的草地和阴凉的树叶丛中"（行 1095-1096）。与第一插曲一样，鸟儿又提到与女神和神女——林泽神女（nymphs）和美惠女神（the Graces）和睦相处。对于爱欲的第一后代来说，这很容易理解。

插曲的最后一段（antepirrhema［后言次段］）显得突兀，鸟儿以歌队身份咏唱，似乎在参加一场城邦举办的歌咏比赛。为了得奖，鸟儿想拉拢赛会评判员，只要他们给歌队评奖，就给他们种种正当和不正当的好处，如果不给歌队评奖，他们就会吃不了兜着走。这意味着，天上的最佳城邦建成后的直接后果是，地上城邦的生活制度随即败坏。阿里斯托芬很可能暗示，哲人理想导致的直接现实恶果是：败坏现实生活的品质和秩序。

整个来看，第二插曲是第一插曲的继续，第二插曲中两首鸟儿合唱短歌构成对衬，主题是鸟儿与自然的关系，鸟儿队长的两段咏唱构成对衬，主题是鸟儿与城邦的关系。鸟儿合唱与鸟儿队长的咏唱的对比，与第一插曲一样，展现出鸟儿的本真或原初生活方式与新生的鸟儿城邦的对比：自然爱欲是鸟儿的本真或原初生活方式的品质，新生的鸟儿城邦则既背弃雅典城邦,又背弃诸神。

第二插曲是鸟儿对自己的咏唱,这可以看作鸟儿自己对自己的献祭。第二插曲接续第一插曲,而第一插曲的内容是佩瑟泰洛斯对鸟儿启蒙的结果。因此,从实质上讲,第二插曲是对佩瑟泰洛斯的献祭。佩瑟泰洛斯现在已经是鸟儿城邦中的一员,他要搞的献祭就是献祭他自己。换言之,前面老被打断的献祭,现在由歌队替他完成了。

第四戏段　城邦刚建成时

于是我们看到,佩瑟泰洛斯一出场就宣布,"咱们的祭祀很顺利"(行1118)。显然,现在就等砌城墙那边的消息了,但佩瑟泰洛斯似乎有些焦急。

不一会儿,一只鸟儿信使飞来报告,"城墙砌好啦"(行1124)。鸟儿信使称佩瑟泰洛斯为"老爷",原文其实是"统治者"($ἄρχων$;行1123)。这种称呼表明,鸟儿城邦的真正统治者不是鸟儿,而是人而鸟的雅典人佩瑟泰洛斯。看来,鸟儿已经意识到,谁是真正的新神。

鸟儿信使兴奋地对佩瑟泰洛斯说,城墙砌得太神气啦,"真是一个十分漂亮、十分宏伟的工程"(行1125)。佩瑟泰洛斯听了也兴奋得不行,赶紧问谁建造的。鸟儿信使说,"没有埃及砖匠,没有石匠,没有木匠,统统是〔鸟儿〕自己一手作成"（行1133）。显然，这不是一个实际的城邦，而是各类鸟儿叽叽喳喳砌成的城邦，或者说言辞的城邦：所谓城墙（τὸ τεῖχος）是由言辞砌成的。鸟儿信使还说，城门也安装好，"周围都布置了警卫"（行1158）。可见，鸟儿城邦毕竟有城邦品质，非常政治，严防外敌入侵。

城墙砌得如此之快，鸟儿队长感到不可思议，连创意者佩瑟泰洛斯也难以相信："简直像是假的，不像是真事。"（行1167）鸟儿队长和佩瑟泰洛斯并非难以相信能在大气中砌起城墙，而是城墙居然砌得如此迅速。其实，这并不难以理解：仅仅在言辞上砌起一个城邦，当然快得很。

佩瑟泰洛斯正在高兴，突然另有一只鸟儿信使慌里慌张来报，说是"打宙斯那里来了个什么神"（行1172），趁乌鸦卫兵一不留神飞进了鸟儿城邦。由于慌张，鸟儿没看清是个什么神，只知道有翅膀，并说已经派出包括特种部队的鸟儿军去拦截。

佩瑟泰洛斯万万没想到，城墙刚砌好就要打

仗，他当即下令追剿来神。非常搞笑的是，佩瑟泰洛斯呼吁鸟儿拿起的武器，大都是人间打鸟儿的家伙（行1186）。鸟儿队长应声而出，宣布"战争爆发了"（行1189），招呼"所有鸟儿都来保卫冥荒所生的云雾弥漫的天空"（行1194），阻止诸神进犯。

鸟儿城邦建成后爆发的第一场战争，是与诸神的战争。反过来说，诸神不允许鸟儿在佩瑟泰洛斯的唆使下建立城邦，哪怕是言辞的城邦。用政治哲学的语汇来表达：礼法传统禁止哲人思考在人世间建立理想国的可能性。我们看到，鸟儿其实还没有搞清来神的来意，甚至究竟是个什么神都还没看清楚。换言之，与诸神的战争其实是佩瑟泰洛斯挑起的，鸟儿起初并没有想要与诸神作对。

佩瑟泰洛斯带领众鸟儿追上来神，问来神是谁，来神说自己是"从奥林波斯诸神那里来的"，名叫绮霓丝（Iris；行1202）。佩瑟泰洛斯觉得奇怪：这个名字不像神名啊，再看她穿戴得花花绿绿，也不像神的样子。他下令逮捕绮霓丝，但鸟儿好像压根儿没听见似的——为什么呢？也许因为鸟儿见到这女神也有翅膀，以为是同类，再不然是因为看到绮霓丝长得很漂亮，燃起了爱欲。

其实，绮霓丝并非宙斯派来进攻的，而是自己漫游时瞎走，无意中闯进鸟儿城邦。佩瑟泰洛斯不相信绮霓丝是意外闯入，她肯定买通了哪类鸟儿。佩瑟泰洛斯责问绮霓丝，进城为何不经守城的鸟儿警卫盖戳，绮霓丝听得一头雾水，说自己根本没有遇到什么守城的鸟儿。显然，新的鸟儿城邦并没有实实在在的城墙，也没有鸟儿警卫把守，毕竟是言辞的城邦嘛。这下子佩瑟泰洛斯才明白过来，不可能靠鸟儿的力量与宙斯斗，只能靠自己。

佩瑟泰洛斯对绮霓丝厉色道：这里不能随便乱串，绮霓丝当依法判处死刑（行 1221）。判刑而且是死刑这一说法表明，鸟儿城邦并非没有法，但这种所谓的法不过是佩瑟泰洛斯的一句言辞，有如人世间的僭主或暴君的法。

绮霓丝听了佩瑟泰洛斯的判决，仍然一头雾水：咱是不死的神哦，判死刑有什么意思啊。佩瑟泰洛斯气得不行，与诸神直接交锋的第一个回合就无法还手，只得蛮横地说，"不死的也得死"（行1224）。这话在鸟儿听来实在寒心，因为，经过佩瑟泰洛斯的启蒙，鸟儿已经以为自己是不死的（行688）。

鸟儿没有认识到，佩瑟泰洛斯的启蒙其实是蒙骗，因为佩瑟泰洛斯故意混淆了神的不死性和世人或鸟类的不死性的差别：世人作为一个族类可以说是不死的，但每个个体的人会死；同样，作为一个族类的鸟儿也是不死的，但每只鸟儿都会死。神的不死性与世人或鸟儿的不死性的差异恰恰在于，作为个体的每个神是不死的。

佩瑟泰洛斯要处死绮霓丝，针对的恰恰是作为个体的每个神的不死性，这意味着他想要勾销神的神性。然而，即便勾销了作为个体的每个神的不死性，自由主义的"自由"仍然会在每个个体的人的必死性面前撞得粉碎。

佩瑟泰洛斯只好转而摆出新王的样子，问绮霓丝要去哪里，这里不是可以随随便便通过的哦。似乎，即便你们神属于不死的一类，也得对我佩瑟泰洛斯称王。绮霓丝说，"我从宙斯那儿来，到世人那儿去"（行1230），通知世人献祭，山上的神们要闻烤肉的香气了。可见，宙斯神族还一点儿不知道鸟儿城邦已经建成，或者说，佩瑟泰洛斯吩咐欧厄尔庇得斯派鸟儿信使去上天通知宙斯神族，鸟儿压根儿就没办，宙斯神族仍然以为自己是天和地的王子。佩瑟泰洛斯干脆现在直接通知来自宙斯神族的绮霓丝：

> 现在鸟儿是世人的神了。世人要向鸟儿献祭，不敬他妈的宙斯了。（行1236-1237）

这话表明，佩瑟泰洛斯所谓的成为神，意味着成为世人的神。换言之，没有世人也就没有神。佩瑟泰洛斯以为夺取了人的献祭，就可以取代宙斯神族。佩瑟泰洛斯本来要处死不死的神，这样就可以彻底否定神性，因为不死性是神性的谓词，但他失败了。现在，他把神的存在说成依赖于世人的存在，由此掏空了神性的本质。

佩瑟泰洛斯与绮霓丝的交锋，可以看作哲人试图取消传统神性的两次努力。非常有意思的是，西方近代的无神论也这么做。

绮霓丝对佩瑟泰洛斯的张狂感到吃惊，警告佩瑟泰洛斯小心点儿，"正义女神（Dike）将用宙斯的霹雳"让整个世人灭掉（行 1239-1242）。诗人让我们看到，宙斯对付造反者的惩罚非常严厉。但佩瑟泰洛斯一听这话，反倒一下子像被注入鸡血：竟然抬宙斯出来压老子，老子要造反的恰恰是宙斯。

不过，佩瑟泰洛斯的回答没有说，宙斯根本就不存在。换言之，佩瑟泰洛斯并非无神论者，他嚷嚷说："宙斯要是再跟我捣乱，我就叫带着火的鹞鹰烧光他的宫殿。"（行 1246）

佩瑟泰洛斯真有这能力？他威胁要对绮霓丝非礼，其实他是个同性恋，这样说不过是要气气宙斯神族的女孩子而已。

第四戏段 城邦刚建成时

这时歌队插入了一段唱词:

我们禁止宙斯所生的诸神再来这里,他们不许再经过我们的城邦,世人也不能再把地上的牺牲香气献给天神。(行 1264-1267)

"我们的城邦"($\tau\grave{\eta}\nu$ $\grave{\epsilon}\mu\grave{\eta}\nu$ $\pi\acute{o}\lambda\iota\nu$)的"我们"是误译,原文是单数("我的城邦")。歌队似乎在唱出佩瑟泰洛斯内心里的言辞:城邦的人民认同佩瑟泰洛斯这样的哲人带领他们造诸神的反。

诗人让我们看到,鸟儿见佩瑟泰洛斯把绮霓丝气走,高兴得很,以为已经成功封锁诸神去往人间的通道。这时,先前派去人间宣布禁止向诸神献祭禁令的鸟儿信使回来了,他汇报说:"所有下民敬佩你的智慧,请你加上金冕。"(行 1273)

佩瑟泰洛斯意识到,封锁宙斯神国的事情,鸟儿帮不上忙,但改变人间统治秩序的事情,鸟儿却可以帮上忙。反过来说,佩瑟泰洛斯要带领世人造反宙斯,就非得与鸟儿合作不可。施特劳斯说:"只有作为一只鸟来讲话,为鸟儿讲话,佩瑟泰洛斯才能克服苏格拉底没能力克服的困难。"倘若如此,我们难免会好奇,诗人笔下的鸟儿究竟喻指人世中的哪类人呢?

信使说,下民献给佩瑟泰洛斯金色王冠,是因为敬佩他的智慧,也就是他的哲学思想。佩瑟泰洛斯接受了王冠,他知道凭自己的智慧受之无愧。但他想具体知道,世人是否清楚,他因哪方面的智慧和成就足以获得王冕。这里我们再次看到,在鸟儿城邦真正当王的是佩瑟泰洛斯。

鸟儿信使用一长段戏白回答佩瑟泰洛斯的问题,说他的智慧体现在倡议建立空中城邦,提供了彻底改变人世间生活方式的前景。此前,所有人都疯爱斯巴达城邦。所谓拉孔尼亚人(Laconizer)是斯巴达人的别称,他们"留着长头发,饿着肚子,也不洗脸",这都是由于苏格拉底这个极端自制和忍耐的怪人。现在不同啦,地上所有人都疯爱鸟儿式的生活。我们记得,欧厄尔庇得斯与佩瑟泰洛斯的性向不同,然而现在呢,佩瑟泰洛斯建立言辞的空中城邦后，结果是所有世人都奔欧厄尔庇得斯的情趣方向去了：没有礼法约束的自然爱欲的自由——如今叫作"个人权利"。

鸟儿信使的这段长白提供了两种生活方式的对比：凭靠礼法的生活和没有礼法的生活——即自然的生活，说到底，也就是智术师提出的自然与礼法的对立。世人过去热爱斯巴达，是因为他们热爱礼法；一旦经过启蒙，世人意识到自然法则比礼法更好，就不再热爱礼法，而是热爱自然法则的统治：这就是自由民主政制的本质。诗人让我们进一步看到，即便是佩瑟泰洛斯这样的人建立起的言辞上的自由城邦，也会彻底改变地上城邦的生活方式。

信使还说，如今世人纷纷在改名，选一个鸟儿作自己的名字。从鸟儿信使提到的这些人来看，鸟儿信使说的都是雅典人。换言之，雅典人的日常生活没有变，变的是雅典日常生活的方式：如今，"所有人因为喜欢鸟儿都在唱歌啦"（行

1305）。

最后，信使预告，马上"就要有一万多人到这儿来，他们都想要一副翅膀以及鸟的生活方式"（行 1311）。佩瑟泰洛斯听了当然喜不自胜，马上吩咐准备翅膀。鸟儿为即将到来的新移民兴奋不已，"大家都爱我们的城邦"（行 1314），可见，鸟儿已经对这个在空中用叽叽喳喳的言辞建立起来的城邦有了爱国情怀——用孟德斯鸠的说法，也可以叫作有了"政治美德"。这完全可以理解，因为，鸟儿认为自己的城邦"有智慧，有热情，有非凡的风雅，和悦的安静（Hesychia）"。[1]

智慧、热情与安静的结合，恰是欧厄尔庇得斯的情趣，即低俗的鸟儿情趣，而非佩瑟泰洛斯的精神——提坦式的造反精神。换言之，鸟儿与佩瑟泰洛斯仅仅在表面上一致，双方都还没有认识到这一误会。但在为即将到来的新移民准备翅

---

[1] 比较福山，《历史的终结及最后的人》，陈高华译，桂林：广西师范大学出版社，2014。

膀的羽毛时，问题多少有些暴露出来：鸟儿提醒佩瑟泰洛斯要给羽毛分类，这意味着翅膀也有类别之分，或者说世人也有德性品质的类别之分。鸟儿提到三类翅膀：唱歌鸟［缪斯鸟］（Music birds）的翅膀、占卜鸟（prophetic birds）的翅膀和海鸟（sea birds）的翅膀。

果不其然，随之上来的恰好有三类人。第一个上来的是"逆子"，他想要变成"高飞的鹰"，因为他"爱上了鸟儿的法律"。由此可见，鸟儿的生活方式同样是一种依法而治的生活，正如今天的我们一听见依法而治就以为正确，根本不问所依的法是什么法：是维护自然欲望的法，还是管束自然欲望的法。

佩瑟泰洛斯问他，"你要哪条法律，因为鸟类的法律很多"。这位年轻人回答说，只要是鸟儿城邦的法律，他都喜欢，但最喜欢这样一条法律：在鸟儿城邦，吃父亲、杀父亲是高贵之举，因为他想要掐死他爸，以便尽快得到家产。看来，这个热切想过鸟儿生活的家伙其实并非真的渴望鸟儿式的生活方式，而是想利用鸟儿城邦的法律来达到他在受礼法约束的世间难以达到的目的。

佩瑟泰洛斯觉察到这家伙来鸟儿城邦的动机不纯，就含蓄地对年轻人说，鸟儿城邦也继承了"一条古老的法律"，这就是老鸟带大小鸟后，小鸟得抚养老鸟。言下之意，殴打父亲在鸟儿城邦算是高贵的表现，但掐死父亲就不是啦。殴打父亲和掐死父亲之间的区别可不小哦。

这个想掐死老爸的家伙一听，马上表示，倘若如此，那还不如不来鸟儿城邦。佩瑟泰洛斯赶紧送他回去，但同时送给了他一副翅膀，一把距刺，一顶鸡冠，劝告他回去后最好不要打老爸。送他这些东西，是因为佩瑟泰洛斯看出，这家伙有好斗天性，因此劝他去当兵，这样的话，他老爸会活得好。这位年轻人走时居然表示，会听佩瑟泰洛斯的话。

这段戏表明了什么呢？人世间有些家伙即便上到空中要过鸟儿式的生活，佩瑟泰洛斯也会觉得过于邪门，不能让他们过鸟儿式的"非法法也"

的生活，仍然必须用人世间的礼法约束他们。宙斯神可以阉割自己的父亲克洛诺斯，但在宙斯的神权制度下，宙斯不许可世人模仿他阉割自己的父亲。佩瑟泰洛斯这时意识到，神与人还是有差别，并非所有人都适合成为神，因此，即便在鸟儿的新秩序下，殴打父亲更别提掐死父亲或乱伦之类，绝对不被许可。

在上一场戏中，我们看到有五位来客打断佩瑟泰洛斯对自己的献祭，现在我们看到，有三位新移民在佩瑟泰洛斯完成自我献祭后想参与他建立的新城邦。换言之，如今佩瑟泰洛斯已经成了新神，三位新移民将建立起新的人神关系。佩瑟泰洛斯禁止弑父，表明这个新神仍然觉得，自己的这个城邦如果要保持基本秩序，还得有某些伦理底线。

我们现在应当想起佩瑟泰洛斯在前面驱逐天象学家默通的那个情节，因为，在《云》中我们看到，殴打父亲与研究天象有因果关系。在这里，年轻人希望在新城邦寻求弑父的法律依据，天象研究提供的自然法则似乎正可以提供这样的依据，因此，默通研究天象同样危害城邦秩序。

佩瑟泰洛斯对待两者的态度也非常相似：把他们轰走。不过，佩瑟泰洛斯轰走想要弑父的年轻人显得很容易，轰走默通却难得多，原因很简单：要默通放弃研究天象很难。

第二个申请移民的是个诗人，名叫基涅西阿斯（Kinesias），他一上场就哼出两行情场老手式的诗句。随后，他与佩瑟泰洛斯的对白一路都在歌唱。诗人说他愿变成"吐着清音的夜莺"（行1380-1381）。佩瑟泰洛斯让他别再歌唱，而是用言说方式表达。诗人仍然唱着说，他希望佩瑟泰洛斯给他一副翅膀，"从云中采撷新意"，因为诗人的诗艺全靠天空中飘浮的云彩：

> 我们的这门技艺（ἡ τέχνη）就靠着这个，那些漂亮的词句还不就是什么太空呀，阴影呀，苍穹呀，你听听就明白啦。（行1387-1390）

佩瑟泰洛斯越让基涅西阿斯别再唱，他越要唱，而且越唱越得意。佩瑟泰洛斯干脆动用暴力，阻止诗人唱下去，遑论给他翅膀。

不过，佩瑟泰洛斯并没有驱赶诗人，反倒问他是否愿意留在城邦，教大众心性的鸟儿们合唱。诗人毫不犹豫地拒绝了，看来他并没有与鸟儿一起生活的愿望，而是仅仅想象有鸟儿的飞翔能力。佩瑟泰洛斯虽然讨厌这个一心向往云彩的诗人，却想要他留下，这表明佩瑟泰洛斯持有一种信念：应该让大众心性的人学会向往在天空飞翔，而且相信他们能学会，就像后来18世纪的某些启蒙哲人所相信的那样——或者如今的自由文人所信奉的那样。

上一戏段提到五位来人，只有居于中间的哲人有名有姓，这里提到三位地上人间的来者，也只有中间的这位诗人有名有姓。哲人与诗人都是人间城邦中掌握特殊"技艺"的少数人，其技艺也有一些共同特征：高渺和难以理解。佩瑟泰洛斯对诗人和哲人的态度明显不同：他驱逐默通，却给基涅西阿斯礼物，还劝他留下，即便他的诗很臭。看来佩瑟泰洛斯的鸟儿城邦不需要哲人，但仍然需要诗人。

最后一个想加入鸟儿城邦的来人是个传案人（sycophant），他一上来就向佩瑟泰洛斯要翅膀，也就是说，他急切地想要飞。传案人坦率地说，有了翅膀他就可以逃避海盗，因为他经营的案子都涉及外国，需要越海（行1430）。佩瑟泰洛斯听了后说他年纪轻轻就不务正业，"靠着跟外国人打官司"赚钱，实在要不得。佩瑟泰洛斯劝他干别的什么都行，总之别干打官司这样的不正当职业。

年轻的传案人不愿听从劝告，非要翅膀不可。佩瑟泰洛斯只好对他说，"言语"（λέγων）就是翅膀，因为言语能鼓动人飞起来（行1440-1445）。传案人不明白这话什么意思，佩瑟泰洛斯进一步解释说，听别人劝告就是"被言语鼓动飞起来"。佩瑟泰洛斯的说法无异于向传案人揭示了法庭论辩修辞的真相,反过来,传案人也让佩瑟泰洛斯明白,自己的技艺就是"要在被告没到庭之前就给他判罪"。

佩瑟泰洛斯与传案人的这段对话有一个突出特点:话题已经不是天上城邦的事情,而是地上城邦中的事情。换言之,翅膀在地上的城邦中也很管用,即靠着翅膀的言辞可以干不义的事情。佩瑟泰洛斯通过言辞诱导传案人说出真相后,拿起鞭子就要抽打传案人,显得是一个正义的法官。由此看来,在他的天上城邦不仅不允许打父亲,也不允许其他不义。佩瑟泰洛斯要严格清除世人生活中所有有害的政治和社会的现象,这样的理想在 18 世纪的启蒙哲人看来,并非天方夜谭。[1]

三位自愿加入鸟儿城邦的来人表明,没有一个真心想要成为鸟儿,过鸟儿般的自由生活。他们来要翅膀,无不为的是让自己在人间过得更顺

---

1 比较 A. O. Rorty / J. Schmidt 编, *Kant's Idea for a Universal History with a Cosmopolitan Aim*, Cambridge University Press, 2009。

当,或者比别人更有能耐。佩瑟泰洛斯建立起空中的城邦后,首先面临的问题是,人间城邦中的不义也跟着要进入空中的城邦。换言之,即便是空中的或言辞的城邦,仍然不能避免人世间的不义。倘若如此,他建立空中城邦又有什么意义呢?不义是人世生活与生俱来的东西,因为世人的德性有差异:弑父青年、想入非非的诗人和一心想骗取钱财的传案人表明,人世间的具体人性可谓无奇不有。

佩瑟泰洛斯拒绝给三位申请移民的人翅膀,显得他颇有正义感。但是,佩瑟泰洛斯凭靠什么来分辨正义与不正义呢?接下来的最后一场戏展示的是佩瑟泰洛斯与宙斯的关系,这意味着,要澄清这个问题,还得看佩瑟泰洛斯如何对待宙斯,毕竟,按照传统宗法,宙斯才是正义与不义的最终裁决者。

第三插曲 "没有光亮之地"

鸟儿歌队唱起了合唱歌,共两节,前一节嘲笑克勒奥倪摩斯(Kleonymos)。在进场戏中,佩瑟泰洛斯曾提到这位对雅典人来说家喻户晓的传说中人,他因打仗时丢盔卸甲被视为胆小鬼的典型(行289-290)。歌队在这里把他比作一株大空心树,言下之意,此人看起来外表伟岸,其实胆小如鼠。

显然,歌队在指桑骂槐,但骂谁呢?骂佩瑟泰洛斯,把他比作外表堂皇内在怯懦的行窃者?

合唱歌的第二节明确表达了鸟儿对佩瑟泰洛斯建立的新城邦的失望和不满情绪。歌中唱道:

> 远处有个乌托邦,乌七八黑暗无光。(行1482-1484)

这句译文有误，原文没有"乌托邦"这个语词，而是"远离光亮的地方"（ χώρα πρὸς αυτῷ τῷ σκότῳ πόρρω ），即"没有光亮之地"（ τῇ λύχνων ἐπημία ）。荷马记叙奥德修斯入冥府向盲先知魂灵求问归程时一开始说到，奥德修斯驾船首先来到基墨里奥伊人的国土，那里"为雾霭和云翳笼罩，明媚的太阳从来不可能把光线从上面照耀他们……凄凉的黑夜为不幸的人们不尽地绵延"（《奥》11.14-19，王焕生译文）。阿里斯托芬笔下的歌队在这里反其意而用之，把"没有光亮之地"视为真正的幸福人世。因为在这里，常人与英雄（优异之人）可以同桌吃饭（ ἄνθρωποι συναριστῶσι καὶ σύνεισι；行 1485-1487），正如在英雄时代，凡人有特权与神们一起吃喝（比较《奥》7.201-203）。

然而，鸟儿对佩瑟泰洛斯不满，并非因为被剥夺了自然权利的平等，而是因为被剥夺了与宙斯神族的亲密关系。

为什么歌队会讴歌"没有光亮之地"？思索一下这个问题，我们会想到两点。首先，我们会想到柏拉图《王制》中著名的洞穴喻，那里就是"没有光亮之地"，却是真正的人世。

歌队在后一节的咏唱中提到奥瑞斯特斯（Orestes），在第二场戏结束后歌队长所唱的那段关于爱欲的长歌中，曾提到此人。这个奥瑞斯特斯既非荷马笔下阿伽门农的儿子，也不是某个具体的人，而是雅典人对路边打劫或夜里行窃者的通称。在歌队看来，"没有光亮之地"难免有不义之人，但奥瑞斯特斯在黑夜中行窃会挨揍。言下之意，恰恰在"没有光亮之地"有正义的惩罚。

第二，佩瑟泰洛斯建造天空中的城邦，无异于给"没有光亮之地"带来光亮。前面的三位人间来者表明，各色不义之人以为，他们在"没有光亮之地"只能偷偷摸摸做的事情，在鸟儿城邦中，他们可以在光天化日之下做，于是纷纷前来。

倘若如此，问题就来了：谁给"没有光亮之地"带来光亮？接下来的最后一场戏解开了谜底：把天界的火盗给人世的贼神普罗米修斯出场了。

第五戏段　与诸神谈判

第五场戏开始,我们看到,佩瑟泰洛斯派鸟儿信使上天界向神族通报封锁其与人间的通道终于有了结果:神族派出代表团下到鸟儿城邦谈判。然而,在神族代表团快要到来之前,普罗米修斯偷偷溜出神界,下来向佩瑟泰洛斯通报消息。显然,普罗米修斯是神族的告密者。

贼神普罗米修斯

普罗米修斯用外衣蒙着面($ὁ\ συγκαλυμμός$)上场,一副贼样,还一路自言自语:

> 我这倒霉的神($οἴμοι\ τάλας$)呵,但愿宙斯没瞧见我。(行1494)

我们应该记得,奥瑞斯特斯因抢劫路人外套

出名，而且也是个告密者。

普罗米修斯上场就急着找佩瑟泰洛斯，似乎是他的同志，但他这副样子显然是想偷偷摸摸见佩瑟泰洛斯。在整个这场戏中，普罗米修斯从头到尾紧张兮兮，传统神话中的普罗米修斯那副机灵样，现在被还原为神经兮兮地担惊受怕，一副市井小偷模样。

尽管如此，我们仍然可以看到赫西俄德笔下普罗米修斯的一些基本特征：隐藏自己的面目以及与宙斯的敌对关系。

由于蒙着面，佩瑟泰洛斯不知道来者是谁。佩瑟泰洛斯告诉他，宙斯正在收云，没留意他，普罗米修斯才松了口气，于是说"我就要揭去蒙头啦"（ἐκκεκαλύψομαι；行 1503）。这话对于熟悉埃斯库罗斯《普罗米修斯》三联剧的雅典观众来说，难免令他们想起《被缚的普罗米修斯》的主题：普罗米修斯揭开自己给少女们看——揭开即启蒙。

佩瑟泰洛斯一眼认出来者是普罗米修斯，亲切地打招呼："亲爱的普罗米修斯呵（φίλε

Προμηθεῦ)！"（行 1504）看来，佩瑟泰洛斯与普罗米修斯有一见如故或相见恨晚之感。

我们记得，佩瑟泰洛斯曾经对默通说过"我爱你"，也只对默通这样说过。这里称呼普罗米修斯为"亲爱的"，意味着普罗米修斯与默通是同类人。由此可以说，佩瑟泰洛斯、普罗米修斯和默通属于一族，即都是哲人族成员。当然，在阿里斯托芬笔下，苏格拉底也属于这一族。

普罗米修斯让佩瑟泰洛斯声音放低点儿，别让宙斯听见了。以防被天上的神们看见，普罗米修斯还让佩瑟泰洛斯撑开他带来的一把阳伞，以便挡住宙斯警觉的视线（行 1494-1509）。佩瑟泰洛斯替普罗米修斯撑开阳伞，让他大起胆子说话。普罗米修斯这才对佩瑟泰洛斯说，自己偷偷溜出天界，是要下来透露天上神界遭围困后的形势："宙斯完蛋啦（ἀπόλωλεν ὁ Ζεύς）。"（行 1514）

自从佩瑟泰洛斯"建立空中之国"（ᾠκίσατε τὸν ἀέρα），天上的神族再也闻不到人间献祭的香气（行 1515-1518），好些"外国诸神"（οἱ δὲ βάρβαροι θεοὶ；

行 1520）饿得不行，要求宙斯在天界搞开放，允许神们在天界做生意，开铺子卖烤肉（行 1524）。显然，现在的普罗米修斯已经获得释放，恢复了神族成员身份，不然他不可能知道神族目前食物短缺。[1] 但恢复了神族成员身份的普罗米修斯仍然对宙斯心怀憎恨，否则，他不会偷偷摸摸跑下来把神界出现饥荒的情况透露给宙斯的敌人。

佩瑟泰洛斯头回听说天界有了"外国诸神"，大感稀奇，赶紧问是些谁。普罗米修斯说，他们叫什么"特利巴里人"（Triballian）。[2] 我们应当注

---

1 阿里斯托芬化用了《被缚的普罗米修斯》中的个别诗行（行 1516-1520，也许还有 1509、1549），但完全是对神话和肃剧中神圣形象的搞笑。

2 希罗多德的《原史》提到过一个地方叫作特利巴里平原（πεδίον τὸ Τριβαλλικὸν；《原史》4.49；亦见修昔底德《战争志》2.96.4），大约在如今保加利亚一带，那里居住着忒腊克人（旧译"色雷斯人"）的一个部落，因此，特利巴里人是忒腊克族人的一个部族。

意到，这些威胁奥林波斯诸神的"外国诸神"不是日神和月神之类的自然神，而是属于别的政治体的神。换言之，奥林波斯神界如今受到的威胁无异于地上的地缘政治冲突。身为雅典人的佩瑟泰洛斯一听，大为吃惊。他当然知道，这支忒腊克人本是雅典城邦的盟友，因生性凶残后来在雅典声名狼藉，成了凶残的代名词。公元前424年，雅典人曾击败一支忒腊克人的入侵，杀死了他们的头人。[1]

普罗米修斯还透露，宙斯神族撑不下去了，他们马上会派代表团下来谈判。普罗米修斯给佩瑟泰洛斯出主意：不可与宙斯讲和，除非宙斯把王权还给鸟儿，并要求把宙斯身边的巴西勒娅嫁给佩瑟泰洛斯（τὴν Βασιλειαν σοι γυναῖκ' ἔχειν διδῶ；行 1535-1536）。

我们记得，鸟儿曾为自己要求王位（比较行549-550）；现在阿里斯托芬让我们看到，普罗米

---

[1] 参见修昔底德，《战争志》2.95-101；4.101.5。

修斯怂恿佩瑟泰洛斯夺取宙斯的王权。如果与佩瑟泰洛斯在起初忽悠鸟儿队长时的说法对比，情形就更为清楚，当时他对鸟儿队长说："你们是万物之王，我和他的王，宙斯的王。"（行 467-678）

佩瑟泰洛斯头回听说这个巴西勒娅，不知是谁。普罗米修斯说，她是宙斯的"小秘"（ταμιεύει = ταμία[女管家]）哦，管着宙斯的霹雳和其他专政工具："良策呵、良好秩序呵、审慎、船坞呵、破口大骂、偷税、公堂费呵"，统统归她掌管。普罗米修斯给佩瑟泰洛斯出主意说，只要把宙斯身边的这个巴西勒娅搞过来，就全都有了（行 1537-1543；比较行 1720-1765）。

佩瑟泰洛斯听得神魂颠倒，但我们应该感到奇怪，佩瑟泰洛斯是同性恋，怎么可能贪恋女色？其实，巴西勒娅（ἡ Βασιλεία）这个名字是虚构，它与Βασιλεία[王权]这个语词完全相同，仅音调符号位置不同。换言之，佩瑟泰洛斯耳朵里听见的是王权，他为可能得到王权神魂颠倒。

在埃斯库罗斯的《被缚的普罗米修斯》中，

普罗米修斯一直保守着那个秘密：宙斯与伊娥结合后生下的后代会夺取宙斯的王权。因此，雅典观众可能难免会想到，阿里斯托芬笔下的巴西勒娅会与伊娥有什么关系吗？毕竟，普罗米修斯在说巴西勒娅时，强调她是个"顶漂亮的妞"（καλλιστή κόρη；行 1537）。

普罗米修斯说："我一向对世人有好感呵。"（行 1545）阿里斯托芬在这里故意出错，让普罗米修斯忘了，他现在是在对鸟儿说话：如今，在人族和神族之间，多出了一个鸟族。佩瑟泰洛斯没有忘记普罗米修斯盗火之功，赶紧说："我们有烤肉吃都是你的功劳呵。"这话勾起了普罗米修斯的新仇旧恨，他禁不住说，"我憎恨所有的神"（μισῶ δ' ἅπαντας τοὺς θεούς；行 1547）——这话跟埃斯库罗斯笔下的普罗米修斯说的一模一样（《被缚》，行 975-976）。

可以看到，阿里斯托芬的普罗米修斯仍然葆有两个传统的基本品性：怜爱世人和憎恨所有的神们。普罗米修斯为什么要为佩瑟泰洛斯出主意？

因为他爱世人:他并不关心将宙斯的权力转交给鸟类。普罗米修斯自己是神,但他恨所有的神,这等于也恨他自己有神的身份,因此不会为了自己的利益而行动:他损神帮人,仿佛很大公无私。他来找佩瑟泰洛斯,是因为他认为佩瑟泰洛斯比诸神高明。

普罗米修斯说完赶紧溜回天界。与来的时候一样,他害怕宙斯看见,走前要回佩瑟泰洛斯手中的阳伞,说是"撑着阳伞"(*φέρε τὸ σκιάδειον*;行 1550),即便宙斯看见了,也会以为是个"祭神游行队伍中的拎篮淑女"(*ἀκολουθεῖν δοκῶ κανηφόρῳ*;行 1550-1551),不会认出是他。

在这里我们看到了获释后的普罗米修斯形象:他不再是擎着火把而是撑着阳伞。火把象征启蒙的光亮,阳伞象征什么呢?隐藏自己的本相:他在天性上是个男相女人,因为,阳伞是雅典女人才用的东西。在传统宗教节庆游行时,传统贵族家的女孩子被选来拎着篮子走在队伍前面,称为 *κανηφόρος*[拎篮者],旁边还走着 *ἀκόλουθος*[侍女]。

她们替贵族家的女孩子撑着阳伞,别让太阳晒着。[1]

为了躲过宙斯的视线,普罗米修斯把自己装扮成女人。然而,普罗米修斯仅仅是装扮成女人吗?普罗米修斯在这部剧作中的出现,意义何在?意义在于他透露了神界的真实情况,这才使得佩瑟泰洛斯有战胜宙斯神族的最后把握和决心。现代哲学的启蒙,其实源于哲人透露了神界的真实情况。

佩瑟泰洛斯与普罗米修斯的秘密接触,让鸟儿更加无奈也更加气愤,因为天性上爱人不爱神的普罗米修斯的告密让鸟儿想到,自己在天性上虽然恨世人,却不恨诸神,与佩瑟泰洛斯联手对抗神有违自己的天性,实在荒谬。毕竟,正是在热爱世人的普罗米修斯启发下,世人才发明了捕鸟器和烹鸟术。若非普罗米修斯把世人教坏,宙斯神族把人世统治得乖乖的,鸟儿的命运也不至于此。但现在鸟儿已经陷入佩瑟泰洛斯的罗网,没法摆脱。

---

[1] 比较《地母节妇女》,行 823。

普罗米修斯离开后，歌队随即唱了一曲，嘲笑三个雅典人。首先是苏格拉底，嘲笑他"坐在一个不知名的水塘招魂"。所谓 ψυχαγωγεῖ［招魂］，指苏格拉底与人交谈时总是谈什么灵魂问题。

随后，歌队又嘲笑了两位雅典政治家：佩珊德诺斯和凯瑞丰。这位佩珊德诺斯（Peisandros）不是公元前640年左右很出名的那位出生于罗德岛的诗人，而是雅典的一位将军，曾出任雅典亵渎神像事件调查委员会成员，民主派要人，但在随后的复辟时期，他又成了寡头派的支持者。

凯瑞丰（Chairephon）是苏格拉底早年的同伴，据说受苏格拉底关于苦行和灵魂说教影响，但在政治观点上与苏格拉底不同，是个民主派，贵族复辟时期出逃雅典。苏格拉底在法庭上为自己申辩时，提到自己与凯瑞丰的关系，以证明自己并不与民主政制为敌。[1]

---

[1] 参见柏拉图,《苏格拉底的申辩》21a, 吴飞译, 北京：华夏出版社, 2017。

我们应该注意到，这里嘲笑的三个人的排列顺序似乎暗示，雅典的民主派政治家都与苏格拉底的"招魂"术有关。换言之，在阿里斯托芬眼里，苏格拉底是民主政治和民主道德的始作俑者。施特劳斯在致友人克莱因的信中说过："阿里斯托芬完全正确，他只是不知道阿那克萨哥拉（Anaxagoras）与苏格拉底的差别。"[1]

今非昔比的是：如今的喜剧作家都成了热忱的民主派。

佩瑟泰洛斯如何获得神权

歌队唱完，神族派来的代表就出场了，与歌队刚才挖苦的人数相同，共三位神：波塞冬、赫拉克勒斯和特利巴里神。波塞冬显得是神族中的贵族，他嫌弃这个三神代表团中的特利巴里神，说他模样和举止都"粗野"得很。

---

[1] 施特劳斯，《回归古典政治哲学》，朱雁冰、何鸿藻译，北京：华夏出版社，2017，页285。

波塞冬的话让我们得知，这个三神代表团是神族通过民主选举方式选出来的，因为他感叹道：

> 如果神们投票选出这种家伙，民主政制呵，你要把我们引向何方！（行 1570-1571）

波塞冬提到的莱斯波狄阿斯（Laispodias），是《鸟》上演前不久（公元前 414 年夏天）刚被抽签选上的雅典将军。严格来讲，如今西方的民主政制也还不至于如此离谱。倘若如此，如今西方的自由民主究竟在哪一方面与雅典民主一脉相承呢？

看来，即便神们在天性上也有差异。我们看到，波塞冬和赫拉克勒斯对如何完成出使的使命也有分歧：波塞冬主张有话好商量，赫拉克勒斯已经饿得不行，他缺乏身体的自制力，脾气火爆地说，谁敢封锁咱天神，老子掐死他。

三位神来到鸟儿城邦时，佩瑟泰洛斯正在准备自己的丰宴，对神们的到来爱理不理。赫拉克勒斯问在烤什么肉，佩瑟泰洛斯说，是"一些被处死刑的鸟儿，他们居然与民主派作对"（ἐπανιστάμενοι τοῖς δημοτικοῖσιν；行 1584），显得逢迎的样子，赫拉克勒斯听了则喜滋滋的。可见，奥林波斯诸神跟随雅典城邦施行民主后，即便是神族中的贵族分子也会变得很有民主热忱。

波塞冬对佩瑟泰洛斯说，他们作为神族的代表来与鸟儿城邦议和，因为若诉诸战争，神们未必会赢。佩瑟泰洛斯马上说，"我们并没有首先发动战争"，也愿意与神们议和，条件是"让宙斯把王权还给鸟类"。这里的"我们"当然包括鸟儿，但搞笑的是，佩瑟泰洛斯眼下正在把鸟类中异见分子杀掉当美食。这表明佩瑟泰洛斯的鸟儿城邦仅仅名义上施行民主，实际上施行专制。

佩瑟泰洛斯说，若三位来神同意，就请他们一起用餐。刚刚还气势汹汹的赫拉克勒斯一听，马上一口答应。波塞冬听了非常吃惊，怒斥赫拉克勒斯为了一顿美食，就拿自己父亲的王位做交易。佩瑟泰洛斯则说，神族移交神权给鸟儿城邦对神族自己有好处，因为鸟儿城邦有了神权可以更好地统治下界，神族的力量反倒会增强。如今"人类都躲在云彩下赌假咒"，诸神住在云天之上看不见。如果鸟儿城邦有了神权，世人有谁再赌假咒，就可以派出乌鸦施行惩治，啄瞎眼睛。

佩瑟泰洛斯的劝说挑明了神族如今统治能力已经大为削弱的事实，但他建议神族让渡神权显然是在欺骗。波塞冬觉得佩瑟泰洛斯说得有道理，其他两位天神也同意，表明神族的代表在佩瑟泰洛斯面前显然智商相差不止一个等级。

佩瑟泰洛斯随之又补充了一个好处：要是有人许愿献祭给神族一只羊，但又舍不得而拖延，鸟儿就会派鹞鹰下去夺走他的两只羊送给神。这个说法涉及计算代价：因吝啬而拖延划算，还是到头来多失去一头羊划算。三位神听了这番忽悠，都觉得有道理，赞成把王权让渡给鸟儿城邦。

佩瑟泰洛斯的这个说法其实暗藏玄机：你们拖拖拉拉，舍不得王权，那么，就让你们多失去一只羊。佩瑟泰洛斯随之提出普罗米修斯秘授给他的建议,要宙斯的"小秘"巴西勒娅给他做老婆。波塞冬一听马上翻脸,赫拉克勒斯则无所谓,劝波塞冬接受这条附加条款。神们之间再次出现分歧,佩瑟泰洛斯用美食进一步拉拢赫拉克勒斯。

波塞冬现在看出,佩瑟泰洛斯是在搞欺骗。他提醒赫拉克勒斯,王权仅仅是个名头,实际的专政工具都在巴西勒娅身上,这属于宙斯的财产。如果宙斯死了,赫拉克勒斯作为儿子就能继承这笔财产,若让巴西勒娅做了佩瑟泰洛斯的老婆,宙斯死后,赫拉克勒斯将一无所有。

这次是波塞冬会计算了,但佩瑟泰洛斯对赫拉克勒斯说:波塞冬在欺骗你哦,因为你不是宙斯的嫡亲之子,按现行法律,你父亲的财产不属于你,即便你父亲想要给你,雅典的法律也不会允许。你若归顺了鸟儿城邦,我佩瑟泰洛斯倒是可以给你封个王的名头。

赫拉克勒斯这下子坚决主张同意佩瑟泰洛斯提出的附加条款,波塞冬仍然坚持不同意,现在取决于第三位神即特利巴里神的意见。特利巴里神投了赫拉克勒斯一票，波塞冬这下没辙，按照民主政治的规矩，少数服从多数，他只好表示认可。

这场谈判让我们看到了什么？我们看到，这是一次诸神之国面临外敌时的民主议事会。聪明的波塞冬尽管有见识，最终被迫服从民主的程序。

歌队随后唱了一曲点出要害：民主政治就是"有人靠舌头"欺骗脑筋不够用的多数。波塞冬算有脑筋，但他必须服从民主的原则。事实上，刚一上场他就感叹："民主政制呵，你要把我们引向何方！"当年的雅典观众听见这样的台词，恐怕会一笑付之，他们不知道，随后的伯罗奔半岛战争将印证这一点。

佩瑟泰洛斯的态度表明，鸟儿城邦其实不需要与神族结盟，而神族却需要与鸟类结盟，因为神需要惩罚人，鸟儿却不需要。但鸟儿应该看到，这场戏以一个戏剧性的转变结束：佩瑟泰洛斯把正在准备的鸟肉宴饮变成自己迎娶巴西勒娅的喜宴——他说，

>   这些鸟儿杀得正是时候,正好吃喜酒用。
>
> (行 1688-1689)

佩瑟泰洛斯早就打好主意,要以鸟儿城邦取代宙斯神族的统治(行 1233-1237)。换言之,技术智识人的统治取代神权统治,并非普罗米修斯的教唆,只是他的建议与此不谋而合而已。我们至多可以说,在埃斯库罗斯那里,普罗米修斯已经将如此图谋的种子埋藏在了这类智识脑筋的心底。但必须承认,佩瑟泰洛斯最终击败宙斯神族,很大程度上靠的是普罗米修斯帮忙。

退　场　佩瑟泰洛斯当王

退场戏一片歌舞升平景象。鸟儿信使首先上场宣告佩瑟泰洛斯成为"新王"：

> 幸福的鸟儿种族啊，[快来]欢迎你们的王回家……（行 1707-1708）

鸟儿们未必能够注意到，信使传报新"王"归来时用的语词是希罗多德所谓的僭主（τὸν τύραννον），而非本色的"王"（Basileus）。信使对佩瑟泰洛斯归来的描绘，用上了金碧辉煌的言辞，但歌队随后的咏唱却让人看到尖锐的反讽：佩瑟泰洛斯明明已经将自己准备的鸟肉盛宴变成了迎娶巴西勒娅的喜宴，歌队却高唱"鸟类的幸福机运全靠这样一个男人"（行 1726-1728）。虽然鸟儿城邦获得了支配世人生活的最高权力，实际上是哲人佩瑟泰洛斯实现了自己的政治理想。歌队或者说诗人阿里斯托芬很清楚，虽然佩瑟泰洛斯让自己成为鸟儿族中的一员（行801），但他始终具有某种属人的本性（行1581）。

还应该注意到，歌队所唱的这曲迎婚之歌突出了"机运"这个语词，恐怕不是偶然。因为，鸟儿们在一开始就认为，佩瑟泰洛斯建立鸟儿城邦的构想"只可能是一个机运（τύχη）之举"（行410；比较施疏，页172）。倘若如此，应该如何理解这里的所谓机运呢？

歌队接下来咏唱宙斯当年当王（τὴν Βασίλειαν）的时刻，率领诸神掌管"命分"（Μοῖραι）。这里出现的"命分"也许意味着，真正的王者懂得人性的差异（行1729-1734）。尤其值得注意，这里还出现了"爱欲"（Ἔρως）这个关键词（行1737），它强调宙斯"娶了赫拉上婚床"与宙斯当王有同等重要的意义。

佩瑟泰洛斯听见这样的咏唱十分欢喜，说这些"言辞"（λόγων）让他感动不已（行1744）。佩瑟泰洛斯没听出歌队的言外之音,于是,歌队继续唱了一曲告诉他——同时也告诉观众:佩瑟泰洛斯当王,并没有同时把一个女人娶上婚床,而是仅仅攫取了宙斯的专政工具。毕竟,佩瑟泰洛斯是同性恋,对女人没有爱欲。如施特劳斯所说,

> 一个严厉的人可能会说,佩瑟泰洛斯的行为比食人族更坏,因为鸟类现在是他的神。(施疏,页 198)

食人族仅仅吞食同类,佩瑟泰洛斯则吞食他装模作样要敬拜的神。

全剧以歌队的两行歌咏结束,这两行诗句看起来是无甚含义的套话,其实有个字眼相当醒目:"诸命相精灵"($\delta\alpha\iota\mu\acute{o}\nu\omega\nu$;行 1765)。

无论按照古希腊还是古代中国的传统说法,命相精灵都属于每个个体,或每个人都有自己的命相精灵。这意味着每个人的灵魂及其举止都与"命分"($Mo\tilde{\iota}\rho\alpha\iota$)相关,从而最终受机运

（τύχη）支配。阿里斯托芬对苏格拉底的自然哲人视角的批评，要点之一在于，苏格拉底"对形形色色的人的举止和灵魂有极为不恰当的认识：从高处看人，难免看不清人的本来面目"（施疏，页328）。从柏拉图和色诺芬笔下的苏格拉底来看，这一批评用在苏格拉底身上当然是错的，但若用来批评别的哲人就没错。

这时我们应该想起，佩瑟泰洛斯和欧厄尔庇得斯离开雅典，起初都"是渴望过梵静的日子，不受政治打扰，是想自由"。由于他们的命相精灵不同，他们所理解的所谓自由的含义也有品质差异："鸟儿不关心城邦的需要。"（施疏，页185）佩瑟泰洛斯意识到或者想起来：

> 一个人要么做锤子，要么做铁砧，没有别的选择；一个人不可能自由，除非他以某种方式参与政治权力；城邦实施的统治趋向于尽可能地扩大；梵静的生活需要安全和保护；也就是说，城邦，以及——若安全有彻

底保障的话——普遍帝国（universal empire），统治所有的人，或更确切地说，统治所有人和所有神，因为一个人的幸福不仅仅受到他人的威胁，而且首先受到心怀嫉妒、反复无常的诸神的威胁。（施疏，页171）

由此来看，整个《鸟》剧的戏剧性动机就在于佩瑟泰洛斯渴望的"自由"与欧厄尔庇得斯渴望的"自由"之间的关联和差异：

> 欧厄尔庇得斯仍然是个出世的、悠闲自在的人，是个在私人状态下热爱梵静隐居生活的人。他决不说大话；他毫不犹豫地偏爱和鸟类一起生活，喜欢由鸟类统治鸟类，喜欢诵讨鸟类统治诸神和世人；……总之，他比佩瑟泰洛斯更接近阿里斯托芬。（施疏，页205）

对今天的我们来说，要理解这样的关联远比

当年的雅典观众容易。毕竟,关于所谓积极自由和消极自由的讨论,曾经持续了长达三十年之久。换言之,"只想与鸟儿生活而不是与人类生活"的人,如果要实现自己的生活理想,就必须建立普遍帝国的统治。

余 绪

走出阿里斯托芬的剧场,雅典观众会对波塞冬的那句感叹难以释怀:

民主制呵,你要把我们引向何方($\tilde{ω}$ $δημοκτατία, ποῖ προβιβᾷς ἡμᾶς ποτε$)。

雅典观众也许会想起来,他们在欧里庇得斯的肃剧中看到,城邦的女性公民有了更多的政治诉求。因为,《鸟》中的普罗米修斯形象——尤其是他撑着的那把阳伞的寓意让他们难免会想:佩瑟泰洛斯的政治计划与象征女性的阳伞是什么关系?

再说,即便身为同性恋的佩瑟泰洛斯是个"精明老头儿"(施疏,页172),他把年轻漂亮的巴西勒娅搞到手后,结果会怎样呢?观众有理由问：巴西勒娅会如何对待自己的自然需要，她有足够的自制力为城邦政治而牺牲或克制自己的需要吗？

在《鸟》之后写成的《吕西斯忒娜妲》中，这样的问题已经出现，在随后的《地母节妇女》中，肃剧诗人欧里庇得斯遭到阿里斯托芬的尖锐嘲弄。不过，在随后上演的阿里斯托芬的剧作中，最能够让雅典观众想起《鸟》的剧作，非《公民大会妇女》（*Ekklesiazusen*）莫属：女政治家普娜克萨戈娜（Praxagora）需要让自己假扮成男人，才能实现自己的政治计划，与普罗米修斯需要把自己装扮成少女才能实现他的政治计划，如出一辙。

再说，普娜克萨戈娜年轻漂亮，她丈夫布勒斐洛斯（Blephyros）则年老力衰，这与嫁给了一个男同性恋没什么实质差别，以至于雅典观众会联想到巴西勒娅的结局（比较施疏，页279，296-297）。

普娜克萨戈娜的政治计划是：基于民主政制提供的政治条件推行一场彻底的政制变革，即实现"女人政制"(Gynaecocracy)。具体来讲,实现这一彻底的政制变革的政治条件就是雅典的公民大会,这意味着,公民直接参政并掌握政治共同体的主权这一理想已经成为政治现实。因此,只要公民大会做出决议,一场政制变革无论多么离谱,也会成为现实。

可是,雅典民主尚未实现彻底的平等:女人不算合法城邦民,不能直接参政——不能参加公民大会。于是,普娜克萨戈娜要实现自己的政治计划,必须乔装成男人混入公民大会。不仅如此,她还得忽悠一大群女人跟她一起这样做,否则没可能在公民大会中占多数。

《公民大会妇女》一开场观众就看到,普娜克萨戈娜趁天还没亮,邀约了一帮女人向她们布置任务,要她们趁丈夫还未起身,穿上他们的外套,提前混入公民大会。在公民大会上,普娜克萨戈娜以男人身份提出,城邦的权力应该交给女人,因为这是最为符合自然法则的政治制度。这意味着,普娜克萨戈娜的政治计划无异于凭靠自然原理推翻了遵循习传礼法的政治制度。

大会开会期间，普娜克萨戈娜的丈夫布勒斐洛斯因为上厕所没有到会，他的邻居克雷默斯（Chremes）出席了大会。克雷默斯回来告诉布勒斐洛斯，今天开大会来的人特别多，若去晚了根本挤不进去——他还说，好些公民的皮肤特别细嫩。克雷默斯认为，参加这次大会的公民特别多，显然因为今天的议题特别重要，涉及如何彻底根除城邦弊病，实现彻底合理的政治制度。看得出来，克雷默斯对雅典公民积极参政的政治美德非常满意。

在公民大会上，克雷默斯对"女人政制"建议投了赞成票。他没有认出，这一政改建议的倡导者是个女人，而且是他的邻居。他同意这一建议仅仅因为，在场的大多数男人都投了赞成票，而他并不知道，到会的大多数男人是女人乔装的。换言之，克雷默斯毫无辨识能力：既不能辨识出打扮成男人的女人，也不能辨识普娜克萨戈娜的政改建议的对错。

余 绪

在公民大会上，普娜克萨戈娜仅仅阐释了"女人政制"的正当性原理，并未谈及这种政制将引出何种具体的政治措施。回到家中之后，普娜克萨戈娜见丈夫正与克雷默斯在谈论今天的公民大会，布勒斐洛斯告诉自己的年轻老婆：大会决定将城邦权力交给女人。普娜克萨戈娜故作惊讶并兴奋不已，让两个男人感到奇怪。于是，普娜克萨戈娜趁机对他们阐释施行"女人政制"后会推出何种新政措施。她首先阐述了公有制的生活方式：

> 你们谁都别反驳或打断，直到听到、知道我的计划。我想说的是，共同拥有一切，也就是分享所需要的一切东西，生活所必需的一切东西；没谁可以富得不行，有人却穷得叮当响；没谁可以拥有大片耕地，有人却死了竟然没地方埋；没谁可以奴仆成群，有人却甚至连个打杂的都没；我想要创造出一种所有人共同的生活，而且是一个样儿的生

活。(行 588-594）[1]

布勒斐洛斯感到费解,他问,

> 布：可所有人怎么过上共同生活？
> 普：(不耐烦地）连吃大粪你也要赶我前面！(行 595-596）

观众看到,普娜克萨戈娜平时在家里其实对布勒斐洛斯蛮厉害,这倒不难理解：年老力衰的丈夫不能满足她的自然需要,反倒整天担心她在外偷情。换言之,根据自然原理,普娜克萨戈娜有自然权利对这样的丈夫颐指气使。

> 布：我们不是共享大粪吗？

---

[1] 中译为笔者的译文,依据 R. G. Ussher, *Aristophanes' Ecclesiazusae*, Bristol, 1986；参考 M. Vetta, *Le donne all'assemblea*, Mailand, 1989。

普：哎呀，我要别打断，你又打断。我正要说这个哩；首先，我将让土地成为所有人共有的，然后让钱财以及其他属于每个人的东西都成为共有的（κοινήν）。以后，我们将靠这些公共的东西来养育我们自己，以便我们会持家、会节俭，而且有一致的想法。（行597-601）

克雷默斯也感到费解，他问道，

克：可是，咱们中间有人没有土地，但却拥有金币银币和看不见的财富呢？

普：这些得上缴充公。他明明有却非说没有的，不用上交。

布：他本来就是靠非说没有才有的呵。

普：哎呀，任何东西都对他一钱不值啦。

克：什么意思？

普：再不会有人因贫穷而干那种事啦，人人都将得到一切，--片面包呵、一块咸鱼呵、麦饼呵、衣服呵、美酒呵、花冠呵,还有野豌豆。不交公有什么好处?这一点你应该看到呵。

克:可是,这种人有的这些东西不正是偷来的么?

普:说得没错呃,真是好同志,所以,我们在那些个旧体制下受压迫啊。不过,今后,将靠公有来生活啦,不把东西归公有什么好处哩!(行602-610)

这段对白有两个值得注意的看点:首先,普娜克萨戈娜宣称,"看不见的财富"也得"上缴充公";第二,没有人再会贫穷,但显而易见,常人绝不会因为"看不见的财富"而不再贫穷。普娜克萨戈娜要求拥有"看不见的财富"的人交出自己的财富充公,不是为了平均分配,而是消灭这种财富,以实现彻底的平等,因为,绝大多数人永远不可能拥有这样的财富。

普娜克萨戈娜提出的财富共有制措施,会让

我们想到柏拉图《王制》中苏格拉底所谈论的共产制。不过,如果我们没有忽略苏格拉底谈论这个问题的前提,那么,我们就应该意识到,普娜克萨戈娜的财富共有制与苏格拉底的话题不相干。因为,苏格拉底谈论财富共有仅仅针对城邦卫士。并非所有公民都是城邦卫士,只有少数天性优异者才能成为这样的人,用今天的话来说,即肩负政治共同体责任的担纲者。

不仅如此,即便有优异天性,他们也得经受严格的教育(416a-b)。此外,为了他们能够"成为最好的卫士",需要以特殊方式为他们配备财富,并对他们的生活方式做出特别规定。对于少数优异者来说,"金子和银子"是"来自天神的神圣礼物","永远存在于他们的灵魂中",因此,"所有的城民中只是他们这些人,法律不允许他们经营或碰触"人间的金银(416e5-417a4)。[1] 由此

---

1 柏拉图,《理想国》,王扬译,北京:华夏出版社,2017,页127-128。

可以理解,普娜克萨戈娜要求"看不见的财富"充公,是实现激进民主的必然要求。

与《鸟》中的佩瑟泰洛斯一样,普娜克萨戈娜实现自己的政治计划凭靠的是言辞——或者更准确地说凭靠谎言。然而,正如施特劳斯指出的那样:

> 普娜克萨戈娜比佩瑟泰洛斯走得更远,佩瑟泰洛斯至少表面上努力恢复最古老的秩序,此外,他也没有将他的激烈变革带入雅典。普娜克萨戈娜以自己的方式和歪理一样激进,但由于她意图带来对城邦有利的变革,一种政治变革,因此她的灵感来自 just speech[正义言辞]。(施疏,页284)

施特劳斯看到,这种所谓正义言辞的要核是平等主义:

> 比起阿里斯托芬笔下任何其他关心城

邦或统治的人物，普娜克萨戈娜与古老事物的决裂更彻底、更公开。她的新秩序与先前的秩序之间有一个连接点：平等主义（egalitarianism）。（施疏，页287）

所谓先前的秩序指民主制，普娜克萨戈娜凭靠这种秩序才得以提出自己的政改方案。没有公民大会的最高权力，她不可能实现自己大胆的政治构想。然而，鉴于民主制的建立，本身就依赖于平等原则，普娜克萨戈娜的政改方案不过是将平等主义原则推到极致而已。因此，施特劳斯指出：

> 只有在《公民大会妇女》中，阿里斯托芬没有攻击司法体系等民主制度，没有攻击对斯巴达的战争政策，没有攻击克里昂等蛊惑人心的政客，他在其中攻击的是民主制的原则本身：平等主义。……他虽然拒斥极端的平等主义，但他假装接受这个前提，从

而呈现出极端平等主义的一种最要不得的结果……（施疏，页295）

阿里斯托芬如何攻击民主制的根本，或者说，他如何展示民主制要把人们引向的去处呢？

他让观众接下来看到，普娜克萨戈娜的政改方案引出的措施，重点不在于平等地共同拥有物质财富，而在于平等地共同拥有身体。这也许意味着，唯有如此才能将平等原则贯彻到底。毕竟，按照佩瑟泰洛斯的鸟儿城邦构想，新的城邦应该给凡人带来所有的幸福，而非仅仅是财富。

可是，相比于平等地共享财富，平等地共享身体引出的麻烦要大得多。毕竟，无论男人女人，都有美丑以及年轻与年老的自然差异。从男人的角度来看，"女人既然美丑不等，作为男人欲望对象的女人就不可能平等"，由此可以理解，在阿里斯托芬笔下，为何"讨论共有女人的篇幅差不多等于讨论共有财富的篇幅的两倍"（施疏，页285）。

为了实现所有女人的平等，普娜克萨戈娜的政改方案要求制定这样的法律：年轻男人若要享有年轻漂亮的身体，必须先与既老又丑的女人同床——反之亦然，少女若要享有英俊小伙的热烈，必须先与普娜克萨戈娜的丈夫这样的男人同床。

出乎观众意料的是，阿里斯托芬随后通过一位老妇与一位少女争夺少男的情节，揭示了平等主义的困难。施特劳斯简洁而准确的笔法，为我们展示了这场戏的看点：

> 少男一想起新法，对少女的情欲立刻全消，因为依据新法，他必须先同老太婆睡觉；他发现，这种情况对自由人来说简直难以忍受。但是，在老妇看来，新法恰恰最符合自由，因为它符合民主制，也就是说，它符合自由人作为平等者自由统治的政制。在这样的政制中，法律以牺牲自然能力较优的人为代价，赋予自然能力较差的人特权，从而达致所有人的平等；或者不妨说，自由的要求

可能不得不让位于平等的要求。(施疏,页291)

年轻的爱欲与平等主义绝然不相容,因为,这种爱欲自然地朝向自然的美。平等主义作为民主政制的道义原则要求自然的爱欲必须首先顾及丑,无异于强行修改自然爱欲的本质。

普娜克萨戈娜作为立法者制定的这一"新法"引出的更大麻烦在于:由于要抹去年龄上的自然差异,少男或少女必须先与老妇或老夫同床,才能获得与少男或少女同床的法定权利,在平等主义的共有制前提下,这就不可避免会出现乱伦。布勒斐洛斯和克雷默斯都没有意识到这一点,不等于阿里斯托芬没有意识到这一点。问题在于,诗人没有强调这一点,因为,他致力于让雅典民主城邦的公民们看到:

> 普娜克萨戈娜的行动与任何革命行动一样,结果并不是消除不幸,而只是重新分配不幸与幸福。(施疏,页294)

由此我们可以说，阿里斯托芬揭示了普罗米修斯精神的一个关键要核：他希望用智识改变宙斯所规定的礼法秩序，以便彻底改变人的生存条件。换言之，宙斯为世间订立礼法，恰恰是因为宙斯看到，人的生存条件有太多自然限制，从而人的生存不可能彻底免除不幸。

在赫西俄德的普罗米修斯神话叙事中，古老的诗人已经看到这一点。宙斯让该亚把普罗米修斯从地下带出来时，不小心砸开了潘多拉盒子，从此，种种自然的疾病和不幸与人世不可分离，即便世人有了普罗米修斯传授的技艺性智识。为了让人类在心理上得到补偿，宙斯从自己身上把正义让渡给人类自己来掌握，他仅仅控制疾病和不幸之类纯属自然的偶然。毕竟，人间正义再怎么也无法彻底消除这些偶然：

> 生活的真相是不可避免的苦难，既由自然又由礼法造成的苦难总是与人同在。（施疏，页328）

普娜克萨戈娜的行动基于平等主义的原则，这种原则恰恰看似人间的绝对正义，才让布勒斐洛斯和克雷默斯都没有意识到乱伦这一彻底颠覆礼法的结果。

佩瑟泰洛斯的智识所引发的行动要"彻底永久地改变世界的统治"，其结果是：按照法律，堕落低级的东西会被视为高贵或美好的东西（施疏，页178，181）。

从《公民大会妇女》的前半场可以看到，最有智识的是少妇普娜克萨戈娜，两个男人显得很蠢，至少在普娜克萨戈娜眼里如此；但在后半场，少女的智识又远不及老妇。我们记得佩瑟泰洛斯僭取神性和王权，凭靠的是普罗米修斯式的智慧，在《公民大会妇女》中我们看到，这种智慧的结果太过出人意料，甚至令人骇然。

施特劳斯说得好，看完《公民大会妇女》会令人恶心，它是阿里斯托芬的传世剧作中"最丑陋"甚至"唯一丑陋的谐剧"，因为，在《公民大会妇女》中，女人诱使或迫使男人——尤其重要的是年轻男人——为了饱食终日和得到女人照顾，牺牲对高贵事物和美的事物的一切关注：女人的行动剥夺了生活中所有的美。（施疏，页294）

《公民大会妇女》一开场就让观众看到，触动民主城邦公民的不再是灵魂的美，而仅仅是身体的美，他们"从下面来看待美"（施疏，页207）。这是否就是普罗米修斯向佩瑟泰洛斯秘授机宜让他把巴西勒娅搞到手的结果，我们不得而知，但肯定是波塞冬那句感叹的最终结局。

毕竟，后现代的民主文化正在尽全力向人们证实，阿里斯托芬笔下的荒谬并不荒谬。

如果有诗人这样表现一个社会，否认诸神存在，允许殴打父亲，允许乱伦，大家还过得幸福，他一定会令所有的人震惊。（施疏，页204）

在后现代的民主文化中,这样的事情是否正在逐渐不令人震惊了呢?据说,18世纪的世界城邦构想能够实现传统观念认为人世不可能实现的东西,而如今的全球化让人们看到,人类正在接近这一目标。

图书在版编目（CIP）数据

城邦人的自由向往：阿里斯托芬《鸟》绎读/刘小枫著.--北京：华夏出版社有限公司，2021.7

（刘小枫集）

ISBN 978-7-5080-9674-2

Ⅰ.①城… Ⅱ.①刘… Ⅲ.①喜剧－剧本－文学研究－古希腊 Ⅳ.①I545.073

中国版本图书馆CIP数据核字(2021)第047224号

城邦人的自由向往——阿里斯托芬《鸟》绎读

作　　者	刘小枫
责任编辑	刘雨潇
美术编辑	殷丽云
责任印制	刘　洋
出版发行	华夏出版社有限公司
经　　销	新华书店
印　　装	北京汇林印务有限公司
版　　次	2021年7月北京第1版 2021年7月北京第1次印刷
开　　本	787×1092　1/32
印　　张	6
字　　数	77千字
定　　价	49.00元

华夏出版社有限公司

地址：北京市东直门外香河园北里4号　邮编：100028
网址：www.hxph.com.cn　电话：(010) 64663331（转）
若发现本版图书有印装质量问题，请与我社营销中心联系调换。

刘小枫集

城邦人的自由向往：阿里斯托芬《鸟》绎读
昭告幽微：古希腊诗文品读
设计共和
以美为鉴：注意美国立国原则的是非未定之争
古典学与古今之争 [增订本]
这一代人的怕和爱
沉重的肉身
圣灵降临的叙事 [增订本]
罪与欠
儒教与民族国家
拣尽寒枝
施特劳斯的路标 [增订本]
重启古典诗学
共和与经纶
现代性与现代中国：现代性社会理论绪论
诗化哲学 [重订本]
拯救与逍遥 [修订本]
走向十字架上的真
卢梭与我们
西学断章
现代人及其敌人
好智之罪：普罗米修斯神话通释
民主与爱欲：柏拉图《会饮》绎读
民主与教化：柏拉图《普罗塔戈拉》绎读
巫阳招魂：《诗术》绎读

编修 [博雅读本]
凯若斯：古希腊语文读本 [全二册]
古希腊语文学述要
雅努斯：古典拉丁语文读本
古典拉丁语文学述要
危微精一：政治法学原理九讲
琴瑟友之：钢琴与古典乐色十讲